खिलखिलाहट

चुनी हुई हास्य-व्यंग्य कविताएँ

काका हाथरसी

खिलखिलाहट

डायमंड बुक्स

प्रकाशक : डायमंड पॉकेट बुक्स (प्रा.) लि.
X-30 ओखला इंडस्ट्रियल एरिया, फेज-II
नई दिल्ली-110020
फोन : 011-40712200
ई-मेल : wecare@diamondbooks.in
वेबसाइट : www.diamondbooks.in
संस्करण : 2026

Khilkhilahat
By : Kaka Hathrasi

खिलखिलाहट

बहुत दिनों से इच्छा थी कि अपने कवि-साथियों को एक बार फिर एक स्थल पर एकत्र किया जाए। कविसम्मेलनों में व्यस्त रहने के कारण सब एक मंच पर एकत्र हो सकें, यह तो संभव नहीं था किंतु अपनी सिद्ध-प्रसिद्ध रचनाओं के साथ उन्हें एक पुस्तक में संगृहीत किया जाए, यह विचार बार-बार कुलबुलाने लगा।

अपना विचार हमने प्रिय डा. गिरिराजशरण अग्रवाल के सामने रखा। फिर तो हम दोनों जुट गए। जिस समय सारा मौसम उदास-उदास था, हम आपके लिए खिलखिलाने की सामग्री जुटा रहे थे, मनहूसियत मिटाने का सुअवसर ला रहे थे। अब यह अवसर आ गया है। लीजिए स्वीकार कीजिए हास्य-व्यंग्य के सिद्ध-प्रसिद्ध साथियों की खिलखिलाती रचनाओं का संकलन–खिलखिलाहट।

खिल-खिल खिल-खिल हो रही, श्री यमुना के कूल
अलि अवगुंठन खिल गए, कली बन गईं फूल
कली बन गईं फूल, हास्य की अद्‌भुत माया
रंजोग़म हो ध्वस्त, मस्त हो जाती काया
संगृहीत कवि मीत, मंच पर जब-जब गाएँ
हाथ मिलाने स्वयं दूर-दर्शन जी आएँ

रंगोत्सव 1993

—काका हाथरसी

अनुक्रम——

डा. अजय चौधरी

डर था उसका

लुट जाने का डर था उसका
आबादी में घर था उसका

उस बस्ती में जीना कैसा
मरना भी दूभर था उसका

दिल की बातें खाक समझता
दिल भी तो पत्थर था उसका

उड़ने में ही था जो बाधक
अपना घायल पर था उसका

रहता था वो डरा-डरा-सा
कहने को तो घर था उसका

अंबर कब था

अपने ग़म से हटकर कब था
वो इन्साँ पैग़ंबर कब था

जिसके बूढ़े सर पर पत्थर
बचपन उसका पत्थर कब था

कातिल की आँखों में रहता
रोती माँ का मंज़र कब था

प्यास समझता क्या औरों की
प्यासा रहा समंदर कब था

रोज बनानी थी छत उसको
उसके सर पर अंबर कब था

–रामबाग कालोनी, बिजनौर (उ.प्र.)

अनिल धमाका

एकता

हमने पूछा–
'अनेकता में एकता'
आप नारा लगाते हैं,
कृपया बताएँ इसके क्रियान्वयन-हेतु
आपने अब तक क्या किया?'
वो बोले–
'अभी तो इसके प्रथम चरण से गुज़र रहे हैं,
सर्वप्रथम अनेकता लाने का
प्रयास कर रहे हैं।

पैदावार

हमसे पूछा गया–
'किन्हीं दो फ़सलों के नाम बताएँ
स्वतंत्रता-प्राप्ति के बाद लगातार
बढ़ रही हो जिनकी पैदावार।'
हमने कहा–'भ्रष्टाचार व
आतंकवाद।'

झूठ

मंत्री जी से पूछा गया–
'अपने जीवन का
कोई महत्त्वपूर्ण झूठ बताइए।'
वो बोले–
'मेरे भाषणों की
प्रतियाँ ले जाइए।'

–बैंक ऑफ इंडिया, हरदोई (उ.प्र.)

अल्हड़ बीकानेरी

दाता एक राम

साधू, संत, फकीर, औलिया, दानवीर, भिखमंगे
दो रोटी के लिए रात-दिन नाचें होकर नंगे
घाट-घाट घूमे, निहारी सारी दुनिया
दाता एक राम, भिखारी सारी दुनिया!
राजा, रंक, सेठ, संन्यासी, बूढ़े और नवासे
सब कुर्सी के लिए फेंकते उल्टे-सीधे पासे
द्रौपदी अकेली, जुआरी सारी दुनिया
दाता एक राम, भिखारी सारी दुनिया!
कहीं न बुझती प्यास प्यार की, प्राण कंठ में अटके
घर की गोरी क्लब में नाचे, पिया सड़क पर भटके
शादीशुदा होके, कुँआरी सारी दुनिया
दाता एक राम, भिखारी सारी दुनिया!
पंचतत्त्व की बीन सुरीली, मनवा एक सँपेरा
जब टेरा, पापी मनवा ने, राग स्वार्थ का टेरा
संबंधी हैं साँप, पिटारी सारी दुनिया
दाता एक राम, भिखारी सारी दुनिया!

कुत्ते तभी भौंकते हैं

रामू जेठ बहू से बोले, मत हो बेटी बोर
कुत्ते तभी भौंकते हैं जब दिखें गली में चोर
वफ़दार होते हैं कुत्ते, नर है नमक हराम
मिली जिसे कुत्ते की उपमा, चमका उसका नाम
दिल्ली क्या, पूरी दुनिया में मचा हुआ है शोर
हैं कुत्ते की दुम जैसे ही, टेढ़े सभी सवाल
जो जवाब दे सके, कौन है वह माई का लाल
देख रहे टकटकी लगा, सब स्वीडन की ओर
प्रजातंत्र का प्रहरी कुत्ता, करता नहीं शिकार
रूखा-सूखा टुकड़ा खाकर लेटे पाँव पसार
बँगलों के बुलडॉग यहाँ सब देखे आदमख़ोर
कुत्ते के बजाय कुरते का बैरी, यह नाचीज़
मुहावरों के मर्मज्ञों को, इतनी नहीं तमीज़
पढ़ने को नित नई पोथियाँ, रहे ढोर के ढोर
दिल्ली के कुछ लोगों पर था चोरी का आरोप
खोजी कुत्ता लगा सूँघने अचकन, पगड़ी, टोप
जकड़ लिया कुत्ते ने मंत्री की धोती का छोर
तो शामी केंचुआ कह उठा, 'हूँ अजगर' का बाप
ऐसी पटकी दी पिल्ले ने, चित्त हुआ चुपचाप
साँपों का कर चुके सफाया हरियाणा के मोर।

–श्याम निकुंज,
9-सी, पाकेट-बी, मयूर विहार, फेज-II,
दिल्ली 110091

अशोक चक्रधर

चालीसवाँ राष्ट्रीय भ्रष्टाचार महोत्सव

पिछले दिनों
चालीसवाँ राष्ट्रीय भ्रष्टाचार महोत्सव मनाया गया।
सभी सरकारी संस्थानों को बुलाया गया।
भेजी गई सभी को निमंत्रण-पत्रावली
साथ में प्रतियोगिता की नियमावली।
लिखा था-
प्रिय भ्रष्टोदय,
आप तो जानते हैं
भ्रष्टाचार हमारे देश की
पावन-पवित्र सांस्कृतिक विरासत है
हमारी जीवन-पद्धति है
हमारी मजबूरी है, हमारी आदत है।
आप अपने विभागीय भ्रष्टाचार का
सर्वोत्कृष्ट नमूना दिखाइए
और उपाधियाँ तथा पदक-पुरस्कार पाइए।
व्यक्तिगत उपाधियाँ हैं-
भ्रष्टशिरोमणि, भ्रष्टविभूषण
भ्रष्टभूषण और भ्रष्टरत्न
और यदि सफल हुए आपके विभागीय प्रयत्न
तो कोई भी पदक, जैसे-
स्वर्ण गिद्ध, रजत बगुला
या कांस्य कउआ दिया जाएगा।
सांत्वना पुरस्कार में
प्रमाण-पत्र और
भ्रष्टाचार प्रतीक पेय ह्विस्की का
एक-एक पउवा दिया जाएगा।

प्रविष्टियाँ भरिए
और न्यूनतम योग्यताएँ पूरी करते हों तो
प्रदर्शन अथवा प्रतियोगिता खंड में स्थान चुनिए।
कुछ तुले, कुछ अनतुले भ्रष्टाचारी
कुछ कुख्यात निलंबित अधिकारी
जूरी के सदस्य बनाए गए
मोटी रकम देकर बुलाए गए।
मुर्ग तंदूरी, शराब अंगूरी
और विलास की सारी चीज़ें जरूरी
जुटाई गईं
और निर्णायक मंडल
यानी कि जूरी को दिलाई गईं।
एक हाथ से मुर्गे की टाँग चबाते हुए
और दूसरे से चाबी का छल्ला घुमाते हुए
जूरी का एक सदस्य बोला–
'मिस्टर भोला!
यू नो
हम ऐसे करेंगे या वैसे करेंगे
या चाहे जैसे करेंगे
बट बाइ द वे
भ्रष्टाचार नापने का पैमाना क्या है
हम फ़ैसला कैसे करेंगे?

मिस्टर भोला ने सिर हिलाया
और हाथों को घूरते हुए फरमाया–
'चाबी के छल्ले को टेंट में रखिए
और मुर्गे की टाँग को प्लेट में रखिए
फिर सुनिए मिस्टर मुरारका
भ्रष्टाचार होता है चार प्रकार का।
पहला–नज़राना!

यानी नज़र करना, लुभाना
यह काम होने से पहले दिया जानेवाला ऑफर है
और पूरी तरह से
देनेवाले की श्रद्धा और इच्छा पर निर्भर है।
दूसरा–शुकराना!
इसके बारे में क्या बताना!
यह काम होने के बाद बतौर शुक्रिया दिया जाता है
लेने वाले को
आकस्मिक प्राप्ति के कारण बड़ा मजा आता है।
तीसरा–हकराना, यानी हक जताना
–हक बनता है जनाब
बँधा-बँधाया हिसाब
आपसी सैटिलमेंट
कहीं दस परसेंट, कहीं पंद्रह परसेंट
कहीं बीस परसेंट! पेमेंट से पहले पेमेंट।
चौथा–जबराना।
यानी जबर्दस्ती पाना
यह देनेवाले की नहीं
लेनेवाले की
इच्छा, क्षमता और शक्ति पर डिपेंड करता है
मना करने वाला मरता है।
इसमें लेनेवाले के पास पूरा अधिकार है
दुत्कार है, फुंकार है, फटकार है।
दूसरी ओर न चीत्कार, न हाहाकार
केवल मौन स्वीकार होता है
देने वाला अकेले में रोता है।
तो यही भ्रष्टाचार का सर्वोत्कृष्ट प्रकार है
जो भ्रष्टाचारी इसे न कर पाए उसे धिक्कार है।
नजराना का एक पाइंट

शुकराना के दो, हकराना के तीन
और जबराना के चार
हम भ्रष्टाचार को अंक देंगे इस प्रकार।'

रात्रि का समय
जब बारह पर आ गई सुई
तो प्रतियोगिता शुरू हुई।
सर्वप्रथम जंगल विभाग आया
जंगल अधिकारी ने बताया–
'इस प्रतियोगिता के
सारे फर्नीचर के लिए
चार हजार चार सौ बीस पेड़ कटवाए जा चुके हैं
और एक-एक डबल बैड, एक-एक सोफा-सैट
जूरी के हर सदस्य के घर, पहले ही भिजवाए जा चुके हैं।
हमारी ओर से भ्रष्टाचार का यही नमूना है,
आप सुबह जब जंगल जाएँगे
तो स्वयं देखेंगे
जंगल का एक हिस्सा अब बिलकुल सूना है।'

अगला प्रतियोगी पी.डब्ल्यू.डी. का
उसने बताया अपना तरीका–
'हम लैंड-फिलिंग या अर्थ-फिलिंग करते हैं।
यानी ज़मीन के निचले हिस्सों को
ऊँचा करने के लिए मिट्टी भरते हैं।
हर बरसात में मिट्टी बह जाती है,
और समस्या वहीं-की-वहीं रह जाती है।
जिस टीले से हम मिट्टी लाते हैं
या कागज़ों पर लाया जाना दिखाते हैं
यदि सचमुच हमने उतनी मिट्टी को डलवाया होता
तो आपने उस टीले की जगह पृथ्वी में

अमरीका तक का आरपार गड्ढा पाया होता।
लेकिन टीला ज्यों-का-त्यों खड़ा है।
उतना ही ऊँचा, उतना ही बड़ा है
मिट्टी डली भी और नहीं भी
ऐसा नमूना नहीं देखा होगा कहीं भी।'
क्यू तोड़कर अचानक
अंदर घुस आए एक अध्यापक–
'हुजूर
मुझे आने नहीं दे रहे थे
शिक्षा का भ्रष्टाचार बताने नहीं दे रहे थे
प्रभो!'
एक जूरी मेंबर बोला–'चुप रहो
चार ट्यूशन क्या कर लिए
कि भ्रष्टाचारी समझने लगे
प्रतियोगिता में शरीक होने का दम भरने लगे!
तुम क्वालिफाई ही नहीं करते
बाहर जाओ–
नेक्स्ट, अगले को बुलाओ।'
अब आया पुलिस का एक दरोगा
बोला–
'हम न हों तो भ्रष्टाचार कहाँ होगा?
जिसे चाहें पकड़ लेते हैं, जिसे चाहें रगड़ देते हैं
हथकड़ी नहीं डलवानी दो हज़ार ला,
जूते भी नहीं खाने दो हज़ार ला,
पकड़वाने के पैसे, छुड़वाने के पैसे
ऐंसे भी पैसे, वैसे भी पैसे
बिना पैसे हम हिलें कैसे?
जमानत, तफ़्तीश, इनवेस्टीगेशन
इनक्वायरी, तलाशी या ऐसी सिचुएशन

अपनी तो चाँदी है,
क्योंकि स्थितियाँ बाँदी हैं
डंके का ज़ोर है
हम अपराध मिटाते नहीं हैं
अपराधों की फ़सल की देखभाल करते हैं
वर्दी और डंडे से कमाल करते हैं।'

फिर आए क्रमशः
एक्साइज वाले, इनकम टैक्स वाले,
स्लमवाले, कस्टमवाले,
डी.डी.ए. वाले
टी.ए.डी.ए. वाले
रेलवाले, खेलवाले
हैल्थवाले, वैल्थवाले,
रक्षावाले, शिक्षावाले
कृषिवाले, खाद्यवाले,
ट्रांसपोर्टवाले, एअरपोर्टवाले
सभी ने बताए अपने-अपने घोटाले।

प्रतियोगिता पूरी हुई
तो जूरी के एक सदस्य ने कहा-
'देखो भाई,
स्वर्ण गिद्ध तो पुलिस विभाग को जा रहा है
रजत बगुले के लिए
पी.डब्ल्यू. डी.
डी.डी.ए. के बराबर आ रहा है
और ऐसा लगता है हमको
काँस्य कउआ मिलेगा एक्साइज या कस्टम को।'
निर्णय-प्रक्रिया चल ही रही थी कि
अचानक मेज़ फोड़कर
धुएँ के बादल अपने चारों ओर छोड़कर

श्वेत धवल खादी में लक-दक
टोपीधारी गरिमा-महिमा उत्पादक
एक विराट व्यक्तित्व प्रकट हुआ
चारों ओर रोशनी और धुआँ।
जैसे गीता में श्रीकृष्ण ने
अपना विराट स्वरूप दिखाया
और महत्त्व बताया था
कुछ-कुछ वैसा ही था नज़ारा

विराट नेताजी ने मेघ-मंद्र स्वर में उचारा
'मेरे हज़ारों मुँह, हज़ारों हाथ हैं
हजारों पेट हैं, हज़ारों ही लात हैं।
नैनं छिंदति पुलिसा-वुलिसा
नैनं दहति संसदा।
नाना विधानि रूपाणि
नाना हथकंडानि च।
ये सब भ्रष्टाचारी मेरे ही स्वरूप हैं
मैं एक हूँ, लेकिन करोड़ों रूप हैं।
अहमपि नजरानम् अहमपि शुकरानम्
अहमपि हकरानम् च जबरानम् सर्वमन्यते।
भ्रष्टाचारी मजिस्ट्रेट
रिश्वतख़ोर थानेदार

इंजीनियर, ओवरसियर
रिश्तेदार-नातेदार
मुझसे ही पैदा हुए, मुझमें ही समाएँगे
पुरस्कार ये सारे मेरे हैं, मेरे ही पास आएँगे।'
यकायक स्वर्ण गिद्ध
रजत-बगुला, काँस्य कउआ
अपने-अपने पंख फड़फड़ाने लगे
नेताजी में समाने को बिलबिलाने लगे।
जूरी के मेंबरान पर भी प्रसन्नता छाई
उन्होंने मिलकर यह आरती गाई–
अनेक रैली, अनेक थैली
अनेक ठाठम् च बाटम् अनेक
अनेक दारा, अनेक दारू
अनेक कुर्सी च खाटम् अनेक
अनेग बंगले, अनेक कोठी
अनेक फार्मस् च प्लाटम् अनेक
अनेक डंडम्, अनेक गुंडम्
अनेक लूटम्, पाटम् अनेक
अनेक बदलम्, दलम् अनेक
अनेक थूकस्य, चाटम् अनेक
अनेक चमचे, अनेक गुर्गे
अनेक चारण च भाटम् अनेक
अनेक जिह्वा, अनेक जेबम्
अनेक मारम् च काटम् अनेक
अनेक बिड़ला, अनेक मोदी
अनेक टाटम च बाटम् अनेक
ओम् शिवरूप डंडानि नमो नमः
ब्रह्मरूपा गुंडानि नमो नमः
सर्वोपरि हथकंडानि नमो नमः

ओम् भ्रष्टमिदं भ्रष्टमदम्
भ्रष्टात् भ्रष्टमुदच्यते
भ्रष्टस्य भ्रष्टमादाय
भ्रष्टमेवावशिष्यते।
ओम् भ्रष्टं भ्रष्टं भ्रांति!

चित्र में खोट

आँखों में चमक
और मुस्कुराते होंठ,
काला चश्मा, काला कोट,
कोट में जेबें, जेबों में हाथ,
कैमरे के सामने बड़ी अदा के साथ
वकील साहब ने फोटो खिंचाया
अगले दिन सबको दिखाया।

सबने कहा–
　　वाह क्या चित्र है!
हमने कहा–
　　झूठा है,
　　फरेबी है,
　　विचित्र है।
वकील साहब तैश खा गए,

गुस्से में आ गए।
हमने कहा–
    क्रोध मत कीजिए,
    ध्यान दीजिए,
    ये चित्र वकालत की मर्यादा डुबोता है,
    क्योंकि वकील का हाथ
    अपनी जेब में नहीं
    दूसरों की जेबों में होता है।

–जे-116, **सरिता विहार, मथुरा रोड, नई दिल्ली** 110044

अशोक शर्मा

बुफे की दावत

आप मानें या न मानें
पर हमारे लिए
सबसे बड़ी आफ़त,
बुफे की दावत।

एक दिन हमें भी जाना पड़ा बारात में
बीवी-बच्चे थे साथ में
सभी के सभी
बाहर से शो-पीस
अंदर से रूखे थे,
मगर क्या करें भाई साहब
सुबह से भूखे थे।

जैसे ही खाने का संदेशा आया हाल में,
भगदड़-सी मच गई पंडाल में
एक के ऊपर एक बरसने लगे,

जिसने झपट लिया सो झपट लिया
बाकी के खड़े तरसने लगे।

एक व्यक्ति
हाथ में प्लेट लिए
इधर-से-उधर चक्कर लगा रहा था,
खाना लेना तो दूर
उसे देख भी नहीं पा रहा था।
दूसरा, अपनी प्लेट में
चावल की तस्तरी झाड़ लाया था,
उससे कहीं ज़्यादा तो
अपना कुर्ता फाड़ लाया था।

तीसरी, एक महिला थी
जो ताड़ की तरह तनी थी,
उसकी आधी साड़ी तो
पनीर की सब्जी में सनी थी,
उसे बार-बार धो रही थी,
पड़ोसन की पहनकर आई थी
इसलिए रो रही थी।

चौथा,
बेचारा ग़रीब था, लाचार था,
इसलिए कपड़े उतारकर
पहले से ही तैयार था।

पाँचवाँ, अकेले ही सारे झटके झेल रहा था,
भीड़ में घुसने से पहले
डंड पेल रहा था।

छठा,
कल्पना में ही खाना खा रहा था,
प्लेट दूसरे की देख रहा था
मुँह अपना चला रहा था।
सातवें का तो
मालिक ही रब था,
प्लेट तो उसके हाथ में थी
मगर हलवा ग़ायब था।

आठवाँ, इन हरकतों से
बहुत ज़्यादा परेशान था,
इसीलिए उसका
बीवी-बच्चों से ज़्यादा
प्लेट पर ध्यान था।

नवाँ,
अजीब हरकतें कर रहा था,
खाना खाने की बजाय
अपनी जेबों में भर रहा था।
दसवाँ,

स्वयं लड़की वाला था
जिसके प्राण कंठ में अड़े थे,
घराती तो सारे जीम रहे थे
और बाराती
बेचारे सड़कों पर खड़े थे।

अंत में देखते हुए ये हालत,
हमने पत्नी से कहा–'डीअर!
लौट चलें सही सलामत।
सुनते ही पत्नी बिगड़ गई
पता नहीं
किस बेवकूफ़ के पल्ले पड़ गई
इससे अच्छा तो
किसी पहलवान से शादी रचाती
तो कम-से-कम भूखी तो न मारी जाती
पर इससे शादी रचा के
आज तक अपने मन को कचोट रही हूँ,
ज़िंदगी में पहली बार
किसी दावत से बिना कुछ खाए लौट रही हूँ।

–181, **पॉकेट-डी-8, सैक्टर**-6, **रोहिणी, नई दिल्ली**-110085

आशकरण अटल

क्या आदमी पहले बंदर था?

मैंने एक मदारी से पूछा,
'क्या आदमी पहले बंदर था?'
वह बोला, 'देख भइए!
हम आदमियों को
बंदर से मुकाबला नहीं करना चाहिए

कहाँ आदमी, कहाँ बंदर
आदमी की आज क्या है कदर।
मैं जगबीती नहीं, आपबीती सुना रहा हूँ
मेरे एक बंदर जैसा बेटा है
और एक ये बेटे जैसा बंदर,
मैंने इसे नचा-नचाकर,
उसे पढ़ाया-लिखाया
एम.ए. पास कराया
तीन साल हो गए
वो आज भी नौकरी के लिए
मारा-मारा फिरता है
और ऐसे में बंदर
मेरे पूरे परिवार का पेट भरता है।
देख भइए,
हम आदमियों को
बंदर से मुकाबला
नहीं करना चाहिए।'

—ज्वैलरी एम्पोरियम, नेहरू रोड, सांताक्रुज (पू.), मुंबई-55

इंदिरा इंदु

नई कवयित्री को मंच पर देखकर

(निम्नलिखित कविता में कवयित्री ने एक सिचुएशन का चित्र खींचा है कि यदि कोई नई कवयित्री पहली बार काव्यमंच पर उपस्थित हुई हो, तो हमारे प्रसिद्ध कवि उसे देखकर अपनी-अपनी प्रतिक्रिया, अपने-अपने स्वभाव, अपनी भाषा शैली तथा अपने प्रसिद्ध छंद अथवा अपने-अपने शब्दों के माध्यम से उसे कैसे व्यक्त करें।।)

गोपालदास 'नीरज'

देखकर आपको मन मेरा डगमगाया है,
सूने खंडहर में कोई दीप जगमगाया है।
तुम अगर गीत न लिख पाओ कोई बात नहीं,
मेरे गीतों के समंदर में ज्वार आया है।

सोम ठाकुर

इधर देख मुस्काओ सुंदरी होकर नेह अधीर,
स्वीकारूँगा नमन तुम्हारा वैसे हूँ गंभीर।
नई-नई अमराई-सी तुम कौन गाँव की बिटिया,
नए छंद-सी देह तुम्हारी दोहावलि-सी चुटिया।
केश बिखेरो अगर आज तुम गंध-गंध बिखरेगी,
मेरे नव गीतों में फिर से नई छटा निखरेगी।
मैं तो मन से भारतवासी मेरे मन में पीर,
तुम्हें खिलाऊँ खट्टी अमिया मैं खाऊँ रस खीर।

माणिक वर्मा

दुनिया के सबसे उच्चकोटि के नीच कवियो!
एक लड़की को देखकर हँस रहे हो?

अरे मूर्खो! हँसना ही है तो
ख़ून के निशान लगी वर्दी पर हँसो
ख़ून पी-पीकर बनी आदमख़ोर चर्बी पर हँसो।
इसे टकटकी लगाकर,
क्या घूर रहे हो बेशर्मो!
पराई नारी को घूरना पाप है,
हम घूरें तो हमारी कुछ और बात है।

ओमप्रकाश 'आदित्य'

हे मृगनयनी, हे मृदुबैनी,–
देख तुम्हें होती बेचैनी।
सूने मन के इस मरुथल में,
काव्य मंच के नभ-मंडल में,
तुम चपला-सी चमक रही हो।
तुम मदिरा-सी छलक रही हो,
तुमको सब अबला समझेंगे
छेड़ाखानी किया करेंगे।
इनसे यदि तुम बचना चाहो,
तो फिर, और पास आ जाओ।
मुझको अपना ख़ास बनाओ,
मेरे वाम अंग आ जाओ।

बृजेंद्र अवस्थी

तुम आईं तो लगा मंच पर दुर्गा माँ आई है,
श्रोताओं की भीड़ देखकर इनको, हर्षायी है।
आई हो तो सुन लो तुमको फर्ज निभाना होगा,
श्रोताओं को गीत सुनाकर मन बहलाना होगा।
मन बहलाकर ऐसे ही तुम न जाने पाओगी–
अगले माह 'बदायूँ के सम्मेलन' में आओगी।

काका हाथरसी

छोरी आई मंच पर लेकर पूरे अस्त्र,
बाँहों पर पहना नहीं इसने कोई वस्त्र।
इसने कोई वस्त्र लगे यह रम की बोतल
चलो 'तरुण' अब चलें यहाँ से सीधे होटल।
कहँ काका कविराय बुढ़ापा अगर न आता,
'नीरज', 'सोम' बाद में, पहले मैं मर जाता।

सूँड फैज़ाबादी

हे मेरी कामचलाऊ, कवयित्री!
आज हम आपको देखकर अपने होश भूल गए
मदहोशी के हिंडोले में झूल गए
गीतकार सेंध लगा रहे हैं
व्यंग्यकार पेग चढ़ा रहे हैं
हे, आकर्षण का बवंडर
यौवन का सिलेंडर
आपकी कृपा से अच्छे-अच्छे–

कवियों के छक्के छूट रहे हैं।
श्रोताओं के पुल टूट रहे हैं
हे हरितवस्त्रधारिणी, चित्तहारिणी,
कन्या कुमारी, तीखी कटारी
तुम्हारी जय हो, जय हो, जय हो!

सुरेंद्र शर्मा

संचालक बोल्या, शर्मा जी!
इब छोरी थाने कैसे लागे है?
मैं बोल्यो, भाया, इब छोरी म्हाँने–
खटाराँ के बीच में, एम्पाला-सी लागे है।

हुल्लड़ मुरादाबादी

कोने पर बैठी है महिला,
लगती है नहले पर दहला।
बहुत दूर से आई है यह,
थकी-थकी कुछ घबराई है यह।
अगर कहो तो थकान मिटा दूँ,
इनके कोमल चरण दबा दूँ।

सुरेश उपाध्याय

आप मुझसे बेकार आँखें मिला रही हैं
व्यर्थ ही अपना समय गवाँ रही हैं
आज तक इतना साहस नहीं जुटा पाया,
अपनी ख़ास पत्नी से भी आँख नहीं मिला पाया।
लोग तरह-तरह की अफ़वाहें उड़ाएँगे
हम कहाँ-कहाँ हाथ लगाएँगे।

हरिओम पँवार

आज नहीं तो कल जाऊँगा, दिल्ली के दरबार में,
तुमको भी सँग ले जाऊँगा, दिल्ली के दरबार में।
राज करोगी रानी बनकर, दिल्ली के दरबार में,
क्या लोगी कविता में सुनकर, दिल्ली के दरबार में।
मेरा मन तुम पर बलिहारी, दिल्ली के दरबार में?
मैं हूँ अब तक अटलबिहारी, दिल्ली के दरबार में।

शैल चतुर्वेदी

मंच पर जो बैठी है,
हमसे कुछ ऐंठी-ऐंठी है
डील-डौल ने मुझे किनारे पर ही बोरा,
इसीलिए 'बाई गॉड' इश्क में हूँ कोरा का कोरा।
अभी-अभी मंच पर आया,
इन्हें देख मुस्कुराया।
अभी-अभी मुस्कुरा भी न पाया था 'भाई साहब'
किस्मत मुझे छल गई, बिना चलाए ही-
मेरी बाईं आँख चल गई।

अशोक चक्रधर

बहुत दिनों से इच्छा थी
कुछ मौज-मस्ती से जियूँ,
किसी नई-नई कवयित्री से मिलूँ,
कुछ अपनी कविताएँ सुनाऊँ,
कुछ इनकी सुनूँ;
पर, महीनों हो गए भाई साहेब
यह तो सुनाना चाहती है,

पर मेरी पत्नी मायके ही नहीं जाती है
और मेरी कविताबाज़ी
धरी-की-धरी रह जाती है!

संतोषानंद

हो मेरे मंच साथी, एक काम कर दो,
ख़ाली है गिलास मेरा जाम भर दो।
गीत देश-प्रेम के मैं गाता रहूँगा,
सोए हुए राष्ट्र को जगाता रहूँगा।
सामने हमारे बस बैठी रहें ये,
गीत सारी रात गुनगुनाता रहूँगा।
बस इतना-सा मेरा सम्मान कर दो,
इस छम्मक छल्लो को मेरे नाम कर दो।

अल्हड़ बीकानेरी

मंचों पर जब भी मिलती हैं,
अंकलजी पुकारा करती हैं
छोरों को देखकर रसगुल्ले,
आँखों से वो मारा करती हैं
फेंका जो उन्होंने रसगुल्ला
धोखे से वो संचालक को लगा,
संचालक तबसे ही पीछे
ये आगे भागा करती हैं!

–शंकर सदन, जीवाजी गंज,
मुरैना (ग्वालियर)

ऋषि गौड़

कुछ परिभाषाएँ

सास

आज की सास
बहू से दूर
बेटी के पास।

बहू

आज की बहू
एक अलगाववादी विचारधारा
जो ससुराल पहुँचते ही
करा दे पति को
घर से न्यारा।

ठेकेदार

हवाईमहल बनाकर
लंबे बिल बनाता है
कमीशन के बल पर
चूना लगाता है।

जाँच आयोग

जो साँप के निकल जाने पर
ढूँढ़ता हो उसकी दुम
रिपोर्ट जिसकी
रद्दी की टोकरियों में
हो जाए गुम।

– लोहियान धर्मशाला के पास, धामपुर (बिजनौर)

ओमप्रकाश आदित्य

सोने की ईंट

कंचन-सी गोरी घूमने को मार्कीट गई,
उसे देख खुद मार्कीट घूम रही है।
कवियों ने कहा स्वर्णिम उषा सुंदरी है,
किरणों का पहने किरीट घूम रही है।
स्वर्णकार बोले लो सुमेरु तो पिघल गया,
उछट उसी की कोई छींट घूम रही है।
तस्कर लगा के घात आपस में बात करें,
साठ किलो सोने की ये ईंट घूम रही है।

अडिग अतिथि

पूज्यपाद अतिथि जी खाना आप खा चुके हैं,
अब मेरे बच्चों पे रहम कुछ खाइए।
आपके आने की तिथि तो न हमें याद रही,
कृपा कर जाने की तिथि ही बतलाइए।
अतिथि-सेवा का पुण्य बहुत कमा चुका हूँ,
मारा जाऊँगा न और ज़्यादा कमवाइए।
होली मेरे घर की, दशहरा मेरे घर किया,
दीवाली तो कहीं और जाकर मनाइए।

चापलूस पत्रकार

एक चापलूस घुसा स्वर्ग की सीमाओं में,
स्वर्गवाले बोले, 'प्रभो! इसे मना कीजिए।
नरक से भागकर आया है यह चोरी-चोरी,
सदा याद रखे ऐसा दंड घना दीजिए।
घुसपैठ करने का होता है नतीजा बुरा,
भारत में जन्म दे के इसे जना दीजिए।'
प्रजापति ने कहा कि बोल, तुझे क्या बनाऊँ?
चापलूस बोला, 'पत्रकार बना दीजिए।'

सेठ बनाम पेट

उठकर चला जो, वो उन्नति की सीढ़ी चढ़ा,
लेटा जो रहा, वो ज़िंदगी में 'लेट' हो गया।
हम पोथे पढ़-पढ़कर मनहूस हुए,
चौथी पास चरणों को चाट 'ग्रेट' हो गया।
ऐसे भौंकता है, जैसे इंग्लिश बोलता हो,
अफसर जी का कुत्ता 'ग्रेजुएट' हो गया।
बेकारी में पड़े-पड़े बढ़ गया पेट मेरा,
'मित्र लोग बोले, 'यार! तू तो सेठ हो गया।'

दूल्हे की घोड़ी

नया-नया दूल्हा था,
नई-नई घोड़ी थी
बाजे द्रुत बजते थे
छत्र चँवर डुलते थे
बाराती आपस में
मिलते थे, जुलते थे
करते थे रँगरलियाँ
लोग सब मचलते थे
दूल्हे के संग-संग
दर्शक भी चलते थे
घोड़ी चौकन्नी थी
बाएँ लख दाएँ लख
गर्दन हिलाती थी
रुक-रुककर मुड़ती थी
मुड़-मुड़कर रुकती थी
आगे से उठती थी
पीछे से झुकती थी
युद्धों के योग्य थी
शादी के दर्क थी
वकीलों के तर्कों से
ज़्यादा सतर्क थी
दूल्हा भी घोड़ी की
गतिविधियाँ देखकर
काफी चौकन्ना था
उसका इस यात्रा में
दुल्हिन से भी ज्यादा
घोड़ी पर ध्यान था

गर्दन पर आँखें थीं
टापों पर कान था
मन था उतरने का
कह नहीं सकता था
अपनी दुर्बलता
औरों के सामने
सह नहीं सकता था
तभी वहाँ–
दूल्हे के स्वागत में
बम एक
गोले-सा फूट गया
सुनकर धमाके को
भीषण पटाखे को
चौकन्नी घोड़ी का
धीरज ही छूट गया
गर्दन को झटका दे
पाँवों को चटका दे
सरपट यों दौड़ चली
बाराती छैलों को
राहों को, गैलों को
पीछे ही छोड़ चली
बाराती भगदड़ में
भीड़ में, कोलाहल में
तितर-बितर हो गए
घोड़ी-चढ़े-दूल्हे को
ढूँढ़ने गलियों में
सड़कों-चौराहों पर
इधर-उधर खो गए
कइयों ने देखा भी

घोड़ी चढ़े दूल्हे को
सड़कों पर भागते
आवाज़ें दीं कितनी
रुक जाओ, रुक जाओ
पर दूल्हा क्या बोले
वह घोड़ी थोड़े था
सुनकर जो रुक जाता
घोड़ी चलचित्र-सी
युग के चरित्र-सी
कुल के कुपात्र-सी
आवारा छात्र-सी
पथभ्रष्ट योगी-सी
कामातुर भोगी-सी
मन की उमंग-सी
उच्छल तरंग-सी
अतुकांत कविता-सी
औ छंद-भंग-सी
सरपट यों दोड़ी थी
लगता था अग-जग में
घोड़ी ही घोड़ी थी
बेचारा दूल्हा भी
कई बार दल्हिन के
सजे हुए द्वार से
माला से, तोरण से
औ' वंदनवार से
दो गज की दूरी से
होकर निकल गया
पर नहीं उतर सका
स्त्रियाँ बोल उठीं–

'वर जी! उतर पड़ो'
पर वर जी बेबस थे
कैसे उतरते?
उतरते तो गिरते
गिरते तो मरते
चढ़े नहीं रहते तो
और क्या करते!
दूल्हा यह सोच रहा
रुक जाए तो उतरूँ
घोड़ी यह सोच रही
ये उतरे तो रुकूँ
वर को घोड़ी का डर
घोड़ी को वर का डर
डर को डर पकड़े था
वह उसको जकड़े थी
वह उसको पकड़े था।

–पंचतंत्र, जी-9/12 मालवीयनगर, नई दिल्ली

काका हाथरसी

रेल में साँप?

कटनी पर गाड़ी खड़ी, जाना था भोपाल
कविसम्मेलन में जगे, आँख हो रहीं लाल
आँख हो रहीं लाल, खचाखच थी वह बोगी
जगह नहीं बिलकुल, भगवन अब कैसी होगी
'तरुण' घुस गए भीतर करके धक्कमधक्का
प्लेटफार्म पर, दाढ़ी हिला रहे थे कक्का
पाँच रुपे में क्रय किया, एक रबड़ का साँप

आँख बचा, सरका दिया दिब्बे में चुपचाप
डिब्बे में चुपचाप, चल गई चाल निराली
साँप-साँप का शोर, हो गया डिब्बा खाली
हमने कहा कि तरुण, किसी को नहीं बताओ
दो बर्थों पर, दोनों चुपके से सौ जाओ

खिड़की कर लीं बंद सब, इत-उत दोनों ओर
खर्राटे भरते रहे, छह घंटे घनघोर
छह घंटे घनघोर, खुलीं, जब आँख हमारी
करन लगे भोपाल उतरने की तैयारी
दंग रह गए, खिड़की से बाहर जब झाँका
कहा तरुणजी ने यह तो 'कटनी' है का

क्या बकते हो, कर रहे कैसी उलटी बात
खड़ी रहेगी ट्रेन क्यों, कटनी सारी रात
कटनी सारी रात, नहीं कुछ पिया न खाया,
होश उड़ गए एक कुली ने जब बतलाया
इस डिब्बे में साँप निकल आया था बब्बा
ट्रेन गई भोपाल, काट करके यह डिब्बा

काका कवि पछता रहे, करके ऐसा खेल
जीवन को धिक्कार है, चाल हो गई फेल
चाल हो गई फेल, कसम आगे को खालो
खाट खाय तुमको, ऐसा कुत्ता मत पालो
साँप खरीदा था जब, तब तक था वह नकली
हमको ही डँस गया, ट्रेन में बनकर असली

पद्मश्री बनाम छद्मश्री

छद्मनाम साहित्य में, देता लाभ अनेक
उनमें से जो मुख्य हैं, वह अनेक में एक
वह अनेक में एक, लेख से जो धन आता
कोई आयकर वाला, उसका पता न पाता
रायल्टी चुपचाप, प्रकाशक से ले आओ
सठिया जाओ, तब भी बैठे-बैठे खाओ

बड़े-बड़े हर नगर में, डगर-डगर कविराज
छद्मनाम की ओट में, नोट बटोरें आज
नोट बटोरें आज, विषय कोई भी उनको
बतला दो तो पुस्तक, लिखकर दे दें तुमको
नहीं जानते, गृह-नक्षत्र-कुंडली चक्रम
फिर भी ज्योतिष पर, लिखने का रखते दम-खम

जो लेखक बेकार हैं, हों निराश नहिं कोय
तिकड़म हो यदि कलम में, लिखड़म चालू होय
लिखड़म चालू होय, विषय जैसा भी पाओ
वैसी ही दस-पाँच पुस्तकें, लेकर आओ
सबसे थोड़ा-थोड़ा, मैटर नोंच लीजिए
छद्मनाम से नया ग्रंथ तैयार कीजिए

औरों की तो क्या कहें, काका जैसे संत
छद्मनाम को ओढ़कर, लेखक बने 'बसंत'
लेखक बने 'बसंत', लिखी 'संगीत विशारद'
बिक्री धूआँधार, प्रकाशक करें खुशामद
थाह ज्ञान की लेने, इक आलोचक आया
हास्य-व्यंग की भंग पिला, उसको टरकाया

कोई नहीं 'बसंत' हास्यरस के हम आका
पद्‌मश्री के साथ, छद्‌मश्री भी हैं काका

फाटक जनाना बंद है

क्या खता हमसे हुई, जो खत का आना बंद है
आप ही नाराज हैं या डाकखाना बंद है

तोड़कर फेंके पियाले, फोड़ दीं सब बोतलें
साक़ी रुख़सत हो गया, पीना-पिलाना बंद है

चाहतें बासी हुईं, जब उम्र चौरासी हुई
यार को अब प्यार के नग़मे सुनाना बंद है

रिक्वेस्ट की बेग़म से जब, मँगवा दो गर्म जलेबियाँ
बोलीं–मियाँ चुप भी रहो, हलवाईख़ाना बन हैं

पहलवानी कर रहा, भैया मेरे महबूब का
उस गली में, इसलिए सीटी बजाना बंद है

मंत्र पढ़ते हैं यही, सब यंत्र इस गणतंत्र के
खाइए ईमान, लेकिन घूस खाना बंद है

सुंदरी, गर्वीली गुड़ियाँ, हो गईं बुढ़िया सभी
फिर भी 'काका' के लिए, फाटक जनाना बंद है।

आरती कंप्यूटर जी की

कंप्यूटर देवा, जय कंप्यूटर देवा।
जाति-धर्म निरपेक्ष, करें जन-गण-मन की सेवा। जय ...
कलावंत-गुणवंत, आपके गुण को जान गए,
बड़े-बड़े ज्ञानी-विज्ञानी, लोहा मान गए। जय ...

बुद्धिवाद पर, यंत्रवाद ने मार दिया छापा,
ज्योतिषियों के दादा हो, गणितज्ञों के पापा। जय ...
दस-दस बाबू क्लर्क, न दस दिन में कुछ कर पाते,
उसी कार्य को कंप्यूटर जी, क्षण में निपटाते। जय ...
मतपत्रों की गिनती में, अब कष्ट नहीं होगा,
नेताओं का समय कीमती, नष्ट नहीं होगा। जय ...
मंत्री-संत्री-अफसर सबकी कलई खुल जाई,
अब बताएँगे किसने कितनी रिश्वत खाई। जय ...
अपराधों का लेखा-जोखा करके बतला दो,
जासूसी करनेवालों को, तुरत पकड़वा दो। जय ...
कंप्यूटर का बटन दबाकर, काकी चिल्लाए,
कविसम्मेलन के रुपए क्यों आधे बतलाए? जय ...
आगे बढ़कर चमत्कार कुछ नए दिखाओगे,
प्रेमी-प्रेयसियों के मन की बात बताओगे। जय ...
ब्रह्मा-विष्णु-महेश हो गए बूढ़े सब देवा,
युवा-वर्ष में आप, देश की नैया के खेवा। जय ...
कंप्यूटर जी की आरति जो श्रद्धा से गाए,
नेताजी के शासन में, ऊँचा आसन पाए। जय ...

डा.गिरिराजशरण अग्रवाल

भैया जी

भैया जी शहर में आए
तो हमारे दिमाग़ में
कुछ ऐसे कीड़े कुलबुलाए
क्यों न
एक इंटरव्यू लिया जाए
भैया जी का;
अभी हम सोच ही रहे थे
उन्हें फ़ोन मिलाएँ
उनके पास जाएँ
या न जाएँ
कि उनका मैसेज आ गया
अँग्रेज़ी में।

भैया जी और अँग्रेज़ी
सन्नाटे में आ गया जी।
संदेश था–
    'कम सून
    आई वांट टू मीट यू
    इमिजिएटली।'

संदेश मिलते ही
तन-मन में बजने लगीं
शहनाइयाँ
हम तो समझते थे
भैया जी है बड़ा काइयाँ।

यद्यपि हमने

गिल्ली-डंडे के मैच
साथ-साथ खेले थे
पतंगबाज़ी के पेच
साथ-साथ लड़ाए थे
पर भैया जी की चालबाज़ी से
घबराए थे बार-बार
कि मेरा यार
बात-बात में
राजनीति का छोंक लगाता था
पतंग चाहे किसी की हो
हमेशा अपनी बताता था।

हम अपना स्कूटर ले
पहुँच गए डाकबंगले
चमचों को भीड़
छँटी नहीं थी लॉन से
नेता जी उनके बीच
घिरे बैठे थे शान से।
    मुझे देखते ही
    तपाक से मिले
    और फिर चल पड़े
    बातों के सिलसिले।
मैदान से बैडरूम में आए
फिर उन्होंने जो संस्मरण सुनाए
उन्होंने खोल दिए
मेरे दिमाग़ के ताले
हट गए बड़े-बड़े जाले।
हमने पूछा–
    भैया जी

कैसे बन गए
इतने बड़े विकासू नेता
क्षेत्र की नाव के खेता
अभिनेता
कल तक तो जूतियाँ चटकाते थे
आज सरकार चटका रहे हैं।
बड़े-बड़े नेता आपके मुरीद हैं
आप ही उनकी कुर्सी हैं
आप ही उनकी नींद हैं
ऐसा क्या पढ़ दिया मंत्र
कब्ज़े में कर लिया
पूरा का पूरा तंत्र।
हे भाइयों के भाई!
तुम्हें यह विद्या
किसने सिखाई!

भैया जी ने लगाया
ज़ोर का कहकहा
और कहा–
हमारा गुरु था
बारूद सिंह चिमटा
असली नाम था उसका
विनोद सिंह टमटा,
पुलिस में दरोगा था
मैंने तो उसे
कई बार भोगा था;
उसका नाम था
उसके स्वभाव के अनुरूप
कब छाँव बनेगा

कब धूप
किसी को पता नहीं था
ज़रा-ज़रा-सी बात पर
बारूद की तरह
फट पड़ता था
यदि कोई विरोध करता
तो ऐसी धारा लगाता
अभियुक्त हो या न हो
जेल में
सालों-साल सड़ता था।
पतलून की जेब में
रखता था एक चिमटा
जो बंदियों के
बाल उखाड़ने
और ज़बान खींचने
के काम आता था
यह काम
बारूद सिंह चिमटा को
बहुत भाता था
आदमी मज़े का था
होशियार था
हमारा तो
मजबूरी का यार था।

'क्या कह रहे हो भैया!
आख़िरकार
यार तो यार होता है
यार को
यार से प्यार होता है

यार केवल शिष्टाचार नहीं होता
यार, यार के लिए
थानेदार नहीं होता।'

भैया जी ने हमारे आश्चर्य को
घोटा
और मुँह बनाकर छोटा
बोले–

तुम नहीं जानते यार
यार होते हैं कई प्रकार के
जैसे सचमुच का
जिगरी यार
झूठमूठ का दिखावटी यार
एक होटल का यार
तो दूसरा बोतल का
एक जीहुजूरी का
तो दूसरा मजबूरी का
कोई पास का
तो कोई दूरी का।

'इस मजबूरी के यार की
व्याख्या कीजिए।'
हम बोले।
'अरे भाई
तुम हो बहुत भोले।
चिमटा था दरोगा
दरोगा भी बड़ा धाँसू
बड़े-बड़ों के
निकाल देता था आँसू

तुम्हें पता ही है
हमारा धंधा
धंधा न पड़ जाए मंदा
इसलिए दोस्ती ज़रूरी थी
और यही तो हमारी मजबूरी थी।

उसी ने हमें
नेता बनने का गुर
बताया था
एक दिन वह
दनदनाता हुआ
हमारे घर आया था
उसी ने कहा था–
    नेता बनना चाहते हो
    तो याद रखो दो चीज़ें
    पुलिस और पैसा
    पहले पुलिस फिर पैसा
    फिर कोई काम करो
    सुबह करो या शाम करो
यह पहेली
हमें भा गई
और हमें
नेता बनने की कला
आ गई।
अब हम
पैसे से पुलिस कमाते हैं
पुलिस से पैसे आते हैं
पुलिस हमारी मजबूरी है
और पुलिस के लिए

हमारी नेताई
अब बताओ भैया
मेरी बात समझ में आई
न आई!

–16 साहित्य विहार, बिजनौर (उ.प्र.)

गुरु सक्सेना

विज्ञान गणित वार्ता

एक दिन साइंस के मास्टर वर्मा जी
हमसे बढ़-चढ़कर बतियाने लगे
यानी हमारे विज्ञान के ज्ञान को
कमज़ोर बताने लगे।
हमने कहा गुरु–
ये आर्ट वाला सिलसिला
तो हमने अभी-अभी किया है शुरू
वर्ना हम भी साइंस के फ्रेम में
तस्वीर के समान जड़े हैं
प्योर गणित साइंस लेकर
पाँच साल मैट्रिक पढ़े हैं।
और
तुम्हारे आर्कमिडीज और न्यूटन को
हास्यरस में ला रहे हैं
अपनी प्रबल प्रतिभा दिखा रहे हैं।
जिस दिन मेरे ये प्रयोग
पाठ्यक्रम में आएँगे
बड़े-बड़े लेखक और कवि
ईर्ष्या से आँसू टपकाएँगे।
वर्मा जी बोले–

आर्कमिडीज का सिद्धांत हास्यरस में
कैसे ला रहे हैं, बताइए?

हमने कहा–

आर्कमिटडीज के सिद्धांत के ऊपर गौर फरमाइए।
जब कोई छात्र किसी लड़की के भावों में
पूर्ण या आंशिक रूप से डूबता है
तो उसके अध्ययन में कुछ कमी आ जाती है
और यह कमी
लड़की-द्वारा हटाए गए
संकोच की मात्रा के बराबर होती है।

वर्मा जी बोले–

बराबर होती है
इस बात का अनुभव कर चुके हैं हम
लेकिन हास्यरस में कैसे आ सकते हैं
न्यूटन के गति के नियम?
मन की इस शंका को भी भगाइए।

हमने कहा–

न्यूटन के पहले नियम पर गौर फरमाइए;
यदि कोई छात्र अपनी स्थिर अवस्था में है
तो वह स्थिर ही रहेगा।
जब तक कि उस पर किसी नेता-द्वारा
बहकाए जाने या बाह्य बल न लगाया जाए।

वे बोले–वाह, दूसरा नियम बताइए
हमने कहा–गौर फरमाइए,
छात्र की विचारधारा में
होने वाला एकाएक परिवर्तन

नेता द्वारा लगाए गए
लोभ की मात्रा के बराबर होता है।
वे बोले–बराबर होता है।
तीसरा नियम बताइए
हमने कहा–गौर फरमाइए
ना बहकने वाले
हर उत्तम छात्र की
क्रिया की प्रतिक्रिया
नेता के समानांतर
और विपरीत दिशा में होती है।

वे बोले–
    विज्ञान में तो वाकई हो तेज़
    लेकिन गणित में नहीं हो सकती
    इतनी अधिक नालेज।

हमने कहा–
    बिना किए हुए कोई रैस्ट
    गणित में जैसा चाहो
    अभी ले लो मेरा टैस्ट
    ताकि दुरुस्त हो जाए तुम्हारा ख्याल
वे बोले–
    बताओ मेरे तीन सवाल।
    समय गति दूरी का आधार है
    पहला प्रश्न इस प्रकार है–
    एक दूल्हा मंडप का एक चक्कर
    चालीस सैकेंड में लगाता है
    सात चक्कर लगाने में
    उसे कितना समय लगेगा

बिना स्लेट-कलम के लगाइए।
हमने कहा–
वर्मा जी,
सवाल में दूल्हे के साथ-साथ
दुल्हिन की चाल भी तो बताइए।
माना कि दूल्हा चालीस सैकेंड में
एक चक्कर लगाएगा
लेकिन फ़र्ज करो
अगर दुल्हिन शरमाती हुई हौले-हौले चली
तो बेचारा पीछे नहीं रह जाएगा!

वे बोले–
दूसरा सवाल सुनिए
हमने कहा–
प्रेम के साथ सुनाइए
बंदा तैयार है।
वे बोले–
संख्या इस प्रकार है।
एक मोटर
पचास किलोमीटर प्रति घंटे की चाल से
किसी एक स्थान से दूसरे स्थान पर
दो घंटे में जाती है
तो बताओ कि दोनों स्थानों के बीच की
कितनी दूरी है?
हमने कहा–
वर्मा जी,
बस दो घंटे में पहुँच जाए
ये कोई जरूरी है?
वैसे हम, आपके सवाल के ऊपर

पूरा-पूरा विश्वास रखते हैं
पर फर्ज करो,
अगर बस राज्य-परिवहन की हुई
तो क्या कह सकते हैं?
न जाने कब विलंब के झूले में झूल जाए
और ऐसा भी तो हो सकता है
कि बस-स्टैंड से निकलकर
नाके पर भूल जाए।

वे बोले–
तीसरा सवाल सुनिए,
एक काम रिश्वत, चमचागीरी और सिफ़ारिश
क्रमशः दस, पंद्रह और बीस दिन में करते हैं
तीनों ने मिलकर काम शुरू किया
यदि दो दिन के बाद
रिश्वत ने काम छोड़ दिया
तो चमचागीरी और सिफ़ारिश
उस काम को कितने दिन में करेंगे?
हमने कहा–
वर्मा जी
हम ग़लत सवाल नहीं लगा सकते
कामनसेंस की बात है यार
कि हमारा देश हिंदुस्तान है
यहाँ रिश्वत के अभाव में
चमचागीरी और सिफ़ारिश
कभी काम पर नहीं आ सकते।

हमने आपके तीन सवाल बताए
हम तो किंचित-मात्र नहीं घबराए।

अगर आप हमारा एक सवाल
आज नहीं तो दो साल बाद भी बताएँगे

हम आपके टेंपरेरी शिष्य बन जाएँगे?
साधारण साध्य का आधार है
हमारा प्रश्न इस प्रकार है–
शर्म और संकोच की
दो समांतर रेखाओं को
यदि भावुकता की तिर्यक् रेखा काटे
तो सिद्ध करो कि आमने-सामने के दृष्टिकोण
आपस में बराबर होंगे।

स्पर्धा का अंजाम

प्रश्न कर गया क्लोरोफार्म का काम
एक क्षण को वर्मा जी के
होश खो गए
क्योंकि वे हमारा सवाल सूँघते ही
बेहोश हो गए
पता नहीं होश में कब आएँगे?
अभी तो बेहोश हैं
जब होश में आएँगे,
तब हमारे सवाल का उत्तर बताएँगे।

–डाँगीढाना, नरसिंहपुर (म.प्र.)

घनश्याम अग्रवाल

पुल की ईमानदारी

लोहे और सीमेंट का एक बड़ा हिस्सा
मंत्री, ठेकेदार और इंजीनियर
तीनों ने मिल-बाँट खाया
और उद्घाटन के दिन
सारा इल्जाम पुल पर लगाया।
बेचारा पुल,
जानता था इनके सारे गुल।
पर सफ़ाई में क्या कहे? कैसे कहे?
इतना बड़ा इल्जाम भी कैसे सहे?
दो दिन बाद ही पुल ने
नदी में कूदकर आत्महत्या कर ली।
ईमानदारी का सबूत देने
पानीदार पुल पानी में बह गया
और
मैंने लोहा और सीमेंट नहीं खाया
यह बात मरते-मरते कह गया।

भविष्यनीति

बच्चों की शिक्षा के प्रति
सरकार लापरवाह है,
विरोधियों की इस बात को
शिक्षामंत्री ने स्वीकारा
पर बदले में ये तर्क मारा-
हमारी नीति में
एक छिपा हुआ तत्त्व है,

आप सभी जानते हैं कि
देश में प्रौढ़ शिक्षा का भी
अपना एक महत्त्व है।
इसलिए ये हमारी
लापरवाही नहीं
मजबूरी है,
क्योंकि भविष्य में भी
प्रौढ़ शिक्षा का कार्यक्रम
सफलतापूर्वक चलाने के लिए
कुछ बच्चों का
अशिक्षित रह जाना
बहुत जरूरी है।

अपना-अपना तरीका

एक थानेदार ने
सुहागरात को
अपनी पत्नी को डाँटते हुए
उसका नाम, पता और उम्र पूछी
फिर उसे डायरी में लिखते हुए बोला-
    क्या तुम यक़ीनन कह सकती हो
    कि तुम ही मेरी बीवी हो?
पत्नी घबराई, फिर बोली-
    'नाथ, यह क्या मजाक है?
    कुछ दिन पहले ही तो
    अपनी हुई सगाई थी,
    और कल ही तो मैंने
    आपको वरमाला पहनाई थी।

वरमाला पहनाई थी?
तो पहले मैं

वरमाला का पंचनामा करूँगा
उससे तुम्हारे फिंगर-प्रिंट्स मिलाऊँगा
और मिल जाने पर तुम्हें पत्नी बनाऊँगा।
अब तो पत्नी रोने लगी
आँसुओं से मुँह धोने लगी
रोते-रोते फिर बोली–
    नाथ, मुझे अपनी पत्नी मानो
    इस बेकार की झंझट में मत डालो।
तो थानेदार बोला–
    अच्छा, ठीक है,
    एक पचास रुपए निकालो।

आदत से मजबूर

पत्नी की माँग कभी उजड़े नहीं
वह सदा सुहागन रहे
इसी मंगल-कामना के साथ
करवाचौथ को एक ठेकेदार ने
अपनी पत्नी की माँग में,
सिंदूर की जगह सिमेंट भरा
मगर व्रत उल्टा असर कर गया

ठेकेदार बिना बीमारी के
दो दिन में मर गया।
मौत का कारण जब कोई जान न पाया
तब एक इंजीनियर ने यह भेद बताया–
'उस दिन भी ठेकेदार की
आदत छूट नहीं पाई थी,
पत्नी की माँग में उसने जो
सिंदूर की जगह सीमेंट भरा था न,
उसमें भी उसने
अस्सी प्रतिशत राख मिलाई थी।'

डाकू कवि

एक कवि ने एक बच्चा चुराया
और फिर पत्र भिजवाया
आपका बच्चा हमारे पास
सकुशल कैद है
बच्चे की सलामती के लिए
आज रात, सपरिवार
कवि-सम्मेलन में भाग लीजिए
और मेरी कविता पर
वाह-वाह कीजिए
कवि-सम्मेलन के बाद
बच्चा घर पहुँचा देंगे,
ख़बरदार,
जो पुलिस की मदद ली तो
बच्चे को,
चालीस कविता सुना देंगे।

–अलसी प्लॉट, अकोला 444004

चकाचौंध ज्ञानपुरी

बार्सीलोना ओलंपिक

कौन कहता है
भारत जैसे महान् देश के
महान् वीर योद्धा
अर्जुन जैसे खिलाड़ी
बार्सीलोना ओलंपिक से
खाली हाथ लौट आए हैं?
अरे, आप पगलाए हैं।
देखा नहीं लौटते वक़्त
वी.सी.आर. और कलर टी.वी. लाए हैं।

कुछ लोग कहते हैं कि आप गधे हैं
मैंने कहा सो तो ठीक है
कि हम गधे हैं,
पर किसी के खूँटे से नहीं बँधे हैं।
हमारे तो हाथ
बस परंपराओं से बँधे हैं।
चार वर्ष पहले
सीओल से खाली हाथ लौट आए थे,

इस वर्ष बार्सीलोना से
खाली हाथ लौट आए हैं
पर, हम आपको विश्वास दिलाते हैं
कि भारत की गौरवशाली परंपरा को
और आगे बढ़ाएँगे,
चार वर्ष बाद होने वाले ओलंपिक से भी
हम खाली हाथ आएँगे।

स्वर्ण-पदक लेकर हम क्या करेंगे
भारत तो वैसे ही सोने की चिड़िया है
अरे, सोना, विदेशों को
हमारे दाढ़ी वालों ने दिया है
क्या आपने
अख़बारों में नहीं पढ़ लिया है?

और जब हम
स्वर्ण-पदक के लिए नहीं लड़े
तो रजत और काँस्य जैसे
छोटे पदकों के लिए क्यों मरें
इंडिया की पोजिशन
फॉरेन में डाउन क्यों करें?
आरे, आप क़हें तो ऐसे पदक
हम इंडिया में रोज़ ही गढ़ें।

हम पदक-भावना के लिए नहीं-
खेल-भावना के लिए खेलते हैं,
हम देश की भावना से खेलते हैं,
अरबों-खरबों में खेलते हैं
बड़े-बड़े खिलाड़ी मैदान में रोते हैं

जब हमारे खिलाड़ी–
हर्षद मेहता खड़े होते हैं।

हम रन फार फन के लिए दौड़ते हैं,
मौजमस्ती के लिए दौड़ते हैं,
दौड़ में प्रथम आवें न आवें–
इसका नहीं ग़म है,
अरे, दौड़ में शामिल हैं
ये क्या हमारे लिए कम है?

एक विदेशी ने मुझसे कहा–
चकाचौंध जी
आप सैंतीसवें पर आते हैं
फिर भी मुस्कुराते हैं
सुना है, बेहया के पेड़,
भारत में ही पाए जाते हैं?
मैंने कहा–
चुप!
ये मेरे देश का आंतरिक मामला है,
पंजाब, काश्मीर, रामजन्म भूमि
मसले को छोड़,
बाकी किसी में
वाह्य हस्तक्षेप
बर्दाश्त नहीं किए जाते हैं
और हम
यदि सैंतीसवें पर आते हैं
तो तुम्हें क्या कष्ट है?
भारत एक पिछड़ा देश है,
देख, आगे से न सही

पर पीछे से हमीं फर्स्ट हैं।

प्यारे यह इंडिया है–
युद्ध में दुश्मनों की ज़मीन
जीतकर छोड़ देते हैं
खून पानी की तरह बहाते हैं,
देश में
विधवाओं की फ़सल उगाते हैं
हम पदक इसीलिए नहीं जीतते
कि जीत कर क्या करेंगे?
ये न-पुंसक
पता नहीं किस समझौते में
इसे भी छोड़ देंगे।

खेल-खेल में
हम देश खेल डालेंगे,
माचिस दिखाएँगे वे
और हम तेल डालेंगे,
मज़ाक हम ग़ैरों से नहीं
बस अपने देश से करते हैं।
नेताजी से मैंने पूछा–
हम ऐसा क्यों करते हैं?
वे बोले–
चकाचौंध जी,
आप मेरी बात पर सहमति जताएँगे
अरे, हम मज़ाक अपनों से नहीं,
तो क्या ग़ैरों से करने जाएँगे?

–एन 1/62 बी-1, रसवर्षा, शशिनगर कालोनी,
नगवाचुंगी, लंका, वाराणसी (उ.प्र.)

चक्रधर शुक्ल

ईंट का खुदा

बलराम ने
बड़े मन से/निष्ठा से,
लगन से मस्जिद बनाई
उसमें नक़्क़ाशीदार बहुमूल्य ईंटें लगाईं
वो कितना हर्षित था?
जब मीनार बना रहा था
प्रफुल्लित हो गुनगुना रहा था
कितने उतावलेपन से उसने
गाँव के हर व्यक्ति को मस्जिद दिखाई
दिखाते-दिखाते उसकी आँखें भर आईं
कृति को देखकर कृतिकार मुस्कुराया
उसकी आँख से
इनाम का मोती बाहर आया
वो जान पाया या रम्मन मियाँ
जिसने अपने लिए नहीं,
गाँव के लिए जिया!
गाँव की चौपाल रोज़
दुल्हन की तरह सज जाती थी
कहकहों, ठहाकों से रात गहराती थी।

नदी किनारे बरकत
मंदिर बनाने में जुटा था
राम-रहीम ईंटों में खुदा था!
सबमें खुदा था!!

कितनी श्रद्धा से
उसने रामनामी ईंटें
मंदिर के गर्भगृह में लगाईं
कितनी ईंटें उसने सर से लगाईं?
ये देखकर आँख भर आई
ईंटें, भेदभाव से परे थीं
ईंटें षड्यंत्र करना/रचना
नहीं जानती थीं,
राम-रहीम को एक मानती थीं,
आपस में हिल-मिलकर रहतीं
मिलकर रहो सबसे कहतीं
लोग मेरे गाँव का उदाहरण देते थे
मेरे गाँव से प्रेरणा लेते थे
आह! वही गाँव ज्वालामुखी बनकर दहका
आदमी, जाति में बँटकर बहका,
आग, धुआँ, दहशत
गाँव को सौग़ात में दे गया
देखो, मेरा गाँव
मरघट-मरघट ही हो गया!

मंदिर के पास बरकत की लाश
मस्जिद के पास बलराम की लाश पड़ी थी;
मंदिर विखंडित हो गया था
और मस्जिद टूटी खड़ी थी;

लाशें ही लाशें, कहाँ-कहाँ तलाशें?
लाशों पर अनगिनत चोटों के निशान थे
दंगाई कितने हैवान थे?
ईंट ने कहा, ईंट ने सुना
ईंट उन दोनों के क़त्ल की गवाह है
ईंटों के चेहरे पर पीड़ा-कराह है!
ख़ूँ से तर ईंटें रो रही थीं
बलराम, बरकत की लाश पर!
सभ्यता के विकास पर!!
ईंट मिट्टी की बनी, ख़ून से सनी
समाज की क्रूरता को
डरी-डरी निरीह आँखों से
देख रही थीं चारों तरफ़
ईंटों के पास बलराम, बरकत का दर्द था
पर दंगाइओं के लिए
ज़िंदगी का कोई अर्थ नहीं था?

उन लोगों पर जुनून सवार था
मज़हबी ज्वार था
उनके हाथों में असलहे थे
चेहरों पर अट्टहासी कहकहे थे
वे तो सिर्फ़ ख़ून के प्यासे थे
इंसान का ख़ून उनके जबड़ों पर लग गया था
अंदर का पशु हिंसक हो गया था
ख़ून से रँगे हाथ
अपने ही भाई का बाजू काटने को तैयार थे
दंगाई असरदार थे
उनके हाथों में परचम लहरा रहे थे
वे लोगों को ज़िंदा जला रहे थे

सिर्फ़ लाशें ही
आपस में
एक जगह रह सकती थीं
क्योंकि वे बिना हिले-डुले
अपना दर्द (मित्रों से) कह सकती थीं।
काश! गुमराह लोग
ईंट के रहस्य को जान पाते
सब कुछ मिट्टी है–
समझ पाते!
ये नफ़रत की खाई
जो उनके बीच गहराई है
न गहराती
रात लुटने से बच जाती!

ईंटों ने कभी भी
सवाल नहीं खड़े किए/ न उठाए
आदमी ने उठाए,
मंदिर-मस्जिद पे आए
देश के आँगन में दीवार खड़ी कर दी
समस्या कुछ नहीं थी,
इतनी बड़ी कर दी!
ईंट गढ़ने वाले की
हत्या तक कर दी/ ऐसे में–
ललकार सप्ताह, धिक्कार दिवस
हम कैसे मनाएँ?
आओ हिलकर/ मिलकर पहले
गाँव को बसाएँ
राम-रहमान एक हैं, इस भेद को जानें
दुश्मनों की चालें पहचानें

एक-दूसरे को दुःख बाँटें,
खाइयों को पाटें
आओ गले लगकर
सब कुछ भूल जाएँ/ मुस्कुराएँ
अलग-अलग नहीं/ एक हो जाएँ
नया युग लाएँ।

–31/112 मनीराम बगिया, कानपुर-1 (उ.प्र.)

ज़हीर कुरेशी

सियासत की चाल

न मुझसे पूछ सियासत की चाल को लेकर
लगा दी आग 'धरम' के सवाल को लेकर

भरे हैं पेट तो संसद में कर रहे हैं बहस
हमारे देश के नेता अकाल को लेकर

इसीलिए तो वो अपराध से नहीं डरता
जो घूमता है शहर-कोतवाल को लेकर

हमारे आपके झगड़े में तीसरा क्यों हो
न आप आएँ मेरे घर दलाल को लेकर

है कुछ तो 'काला' तभी तो हमारे शुभचिंतक
हमेशा सोचते रहते हैं 'दाल' को लेकर

वो मछलियों को फँसाता है सिर्फ़ बातों से
वो मछलियों से नहीं मिलता जाल को लेकर

वे ये तो सोचते किस युग में युद्ध करना है
जो तोड़ने आए हैं तलवार ढाल को लेकर

–समीर काटेज, सूर्यनगर, ग्वालियर (म.प्र.)

कुछ बाढ़-ग्रस्त व्यंग्य

(1)

बाढ़-ग्रस्त क्षेत्र का
हेलीकॉप्टर से निरीक्षण करते-करते
एकाएक मंत्री जी बोले–
 'क्यों जी,
 यहाँ तो बस पानी ही पानी है!
 तू तो कहता था कि बड़ी तबाही है
 न तो यहाँ कोई झोपड़ी है, न आदमी है
 अब तू ही बता
 कल के पैकेटों का,
 नमक और मिट्टी के तेल का
 क्या करूँ?'
सचिव फुसफुसाया–
 'सर, ये खाने के पैकेट
 किसी को दिए नहीं जाते हैं
 बस पानी में फेंक दिए जाते हैं
 जो खुद-ब-खुद
 खाने वालों के पास पहुँच जाते हैं;
 और मिट्टी का तेल तो यान पर
 यों ही नहीं लाया जाता है।
 इसके तो बस परमिट बनते हैं
 जो पार्टी के चमचों को
 बाँट दिए जाते हैं।'

'और नमक'?
मंत्री जी चिल्लाए।

'ये सर,
अधिकारियों को दिए जाते हैं
वह भी इसलिए
कि वे नमकहरामी न कर सकें।'

मंत्री जी थोड़ा आश्वस्त हुए
फिर बोले–
'तो फिर देखता क्या है फेंक पैकेट
मैं तो तैरना भी नहीं जानता
कहीं इंजन फेल हो गया
तो लैंडिंग भी नहीं हो पाएगी।'

(2)
एक अधिकारी ने सचिव से पूछा–
कोई ख़बर?
सचिव ने कहा–
अच्छी नहीं है बाढ़ आई है।
अधिकारी मुस्कुराया–
कोई बात नहीं वह भी चलेगी
घर भेज दो
मैं लंच पर जा रहा हूँ।

–ए395/1 राजेंद्रनगर, इज्जतनगर, बरेली (उ.प्र.)

दिनकर सोनवलकर

दुख हरो-वैज्ञानिको

नेताओं और उनके चमचों ने
सारा खेल ख़राब कर दिया है,
'जी-हुजूरी' की बदबू से
माहौल को गंदा कर दिया है।
और जिस पीढ़ी से थीं उम्मीदें-
कि वह 'चमचागीरी' के ख़िलाफ़ करेगी विद्रोह-
वो भी 'चमचा' बनने को मचल रही है
और लीडरों के पीछे-
झुक-झुककर चल रही है।

वैसे चमचे तो पहले भी होते थे
राजसत्ता के आसपास
मगर तब उनका एक स्टैंडर्ड था!
यानी चाँदी से चमकदार चमचे थे-
या स्टेनलैस के वजनदार चमचे थे-
मगर इन दिनों तो वे
प्लास्टिक और हिंडोलियम के भावों में
बड़े सस्ते मिलते हैं
'एक ढूँढो-हज़ार मिलते हैं।'

जैसे चींटियों को-
शक्कर की गंध आ जाती है,
या मक्खियों को
गुड़ की महक मिल जाती है
वैसे ही नेता के आगमन से पहले ही
चमचे जुड़ने लगते हैं-

डाक बँगले या एयरपोर्ट पर
समूह के समूह–
फिर बेचारा आम आदमी
तोड़ नहीं पाता उनका चक्रव्यूह।

नेता एक : चमचे अनेक
यानी एक शमा और सौ परवाने,
सबके सब
लायसेंस, परमिट, ठेकेदारी या
राशन की दुकान के दीवाने।
उधर गाजरघास बढ़ रही है
इधर चमचों की जमात बढ़ रही है।
मुल्क़ का एक बड़ा हिस्सा
चमचों में तबदील हो रहा है;
इसीलिए राष्ट्र–
अपना स्वाभिमान खो रहा है।
देश के वैज्ञानिको, डाक्टरो,
कोई ऐसी दूरबीन ईजाद करो
जिससे चमचों की नसबंदी कर सकें
और ग़रीब देश की जनता का
सबसे बड़ा दुख हर सकें।

धर्मवीर सबरस

दुमदार दोहे

भारत में जो भी मरे, वही स्वर्ग में जाय।
पता नहीं है नरक क्यों, विधि ने दिया बनाय।
वहाँ क्या भैंस बँधेगी?

हरिश्चंद्र, गांधी प्रवर, ईसा श्रद्धानंद।
चढ़े सत्य की भेंट सब, मिला बड़ा आनंद।
आप भी सत्य बोलिए।

सास-बहू में ठन गई, लड़ते बीती रात।
बढ़ते-बढ़ते बढ़ गई, सिर्फ़ ज़रा-सी बात।
खटोला यहीं बिछेगा।

क़र्जा ले-ले चाटिए, जब तक घट में प्राण।
देने वाले रोएँगे, मरने पर श्रीमान।
कि जैसे बाप मरा हो।

पूँजीपतियो, पत्नियो, ले लो मुझको गोद।
मुझको भी हो जाय कुछ, लक्ष्मी जी का बोध।
तिजोरी में रह लूँगा।

काम, क्रोध, मद, लोभ, मोह से तू मुँह को मोड़।
संभव यदि कुछ हो सके, प्राणों को भी छोड़।
ईश्वर खड़ा मिलेगा।

नर्मदाप्रसाद खरे

धन्य मूर्धन्य

बत्तीसी झड़ चुकी कभी की, सारे बाल सफ़ेद हो रहे ।
खुद का बोझ पाँव को भारी, राज-काज का भार ढो रहे!
–आप धन्य हैं!

नए ख़ून का नारा देते, पीछे सदा पतंग काटते।
जिनके पाँव कब्र में लटके, चुन-चुन उनको टिकिट बाँटते!
–आप धन्य हैं!

जब चुनाव का मौसम आता, तब झट अपना रूप बदलते।
सबसे दीन-निहोरा करते, सबसे बड़े प्रेम से मिलते!
—आप धन्य हैं!

भावी नेता की तलाश में, काफ़ी लंबी उम्र बिताते।
राजकीय सम्मान-सहित ही, जनता से अर्थी उठवाते!
—आप धन्य हैं!

राजनीति की नगर-वधू ने, तरह-तरह के तेवर बदले।
दल छोड़ा, दलबदलू बनकर, और बने फिर नहले-दहले!
—आप धन्य हैं!

राजनीति ने करवट बदली, और भाग्य से सीका टूटा।
कुर्सी से चिपके रहने का, अंत समय तक मोह न छूटा!
—आप धन्य हैं!

निर्विकार, निरपेक्ष भाव से, जातिवाद की जड़ें जमाते।
बहुत बड़े गुण-ग्राहक बनते, फिर भी गधे पँजीरी खाते!
—आप धन्य हैं!

राजनीति की बीन बजाकर, तरह-तरह के सर्प जुटाते।
कुछ पर स्वयं नेवले छोड़े, कुछ को जी-भर दूध पिलाते!
—आप धन्य हैं!

पैरुडीदास

तिकड़ियाँ

मद्य-निषेधी राज में आम हुआ मधुपान,
देश-सेविका वेश में—
साकी को पहचान।

पंडित जी करते नहीं मंदिर में मधुपान,
बोतल एक शराब की,
बाँट न ले भगवान।

नेता जी छूते नहीं बोतल और कबाब,
हाथों में गंगाजली,
जिसमें भरी शराब।

अंगूरी पीता नहीं, खाता है अंगूर,
परम पूज्य चिरवंद्य है–
सितकेशी लंगूर।

सत्ता-मद मद सुरा का, दोनों बुरे जनाब,
सत्ता तो खुल खेलती,
लेकिन बंद शराब!

ऋषि-मुनियों के देश में कहाँ मद्य का अंत?
रस रूहानी मानकर
पीते हैं सब संत।

जीवन में पक्का वही डगमग जिसके पाँव,
माँझी तब गाजी बने,
जब डगमग हो नाव।

मद्य-निषेधी हुक्म से भट्टी-हट्टी बंद,
मगर नयन जो मद भरे,
उन पर क्या प्रतिबंध?

पहले तो साहित्य था सुरा-सुगंधि-विभोर,
अब सड़ाँध है बेचता–
नूतन काव्य-किशोर।

–डी.-2 ई., डी.डी.ए. फ्लैट्स, मुनीरका, नई दिल्ली 110067

प्रदीप चौबे

ग़लतफ़हमी

हमारा टेलिफ़ोन है
कितना महान्!
एक नमूना देखिए श्रीमान्
हमने लगाया रेलवे इन्क्वायरी
और लग गया कब्रिस्तान्।

हुआ यों कि हमें
एक कविसम्मेलन में जाना था
और रेलगाड़ी में अपना आरक्षण कराना था
इसलिए हमने रेलवे इन्क्वायरी का
नंबर मिलाया
लेकिन हमें क्या मालूम कि उधर से
कब्रिस्तान के बाबू ने उठाया
बोला–'फरमाइए'
हमने कहा–'भाई साहब, हमें केवल एक बर्थ चाहिए,
क्या मिल जाएगी?'
वो बोला–'बैठे ही आपके लिए हैं

हमारी सेवा
किस दिन काम आएगी!
हमारे होते हुए बिलकुल मत घबराइए
एक क्या, पचास सीटें ख़ाली हैं
पूरे ख़ानदान को ले आइए!'

वो कौन था?

दीवाली के मेले में,
भीड़-भरे रेले में
एक हस्तकला-विशेषज्ञ ने
अपनी कला के प्रदर्शन का माध्यम
हमें बनाया
चालू भाषा में कहूँ
तो एक जेबकतरे ने
हमारी जेब से हमारा पर्स उड़ाया!
 हमने अपने
 एरिया के हवलदार से कहा–
 'हमारी कट गई जनाब-आली!'
 हवलदार पिन्नक में था
 बोला–'आपने क्यों कटा ली?'
 हमने कहा–'क्या बोल रहे हैं?
 एक तो हमारी जेब कट गई
 ऊपर से आप ज़हर घोल रहे हैं!'
हवलदार ले गया हमें थानेदार के पास
वो बोला–'कितने रुपए थे तुम्हारे पास?'
हमने कहा–'साहब, एक सौ पचास'
वो बोला–कहाँ थे?
हमने कहा–पर्स में!

वो बोला–'पर्स कहाँ थी?
हमने कहा–पैंट में!
वो बोला–पैंट कहाँ थी?
हमने कहा–कमर में!
वो बोला कमर कहाँ थी?
हमने कहा–कमर कहाँ थी!
अरे भई, वहीं है जहाँ थी!

और थी नहीं, अभी भी है,
वहीं है जहाँ थी,
परंतु आप
कमर की तरफ़ क्यों जा रहे हैं?
कहीं हमारे दर्द का
कार्टून तो नहीं बना रहे हैं?
ना, ना, ऐसा ग़ज़ब न ढाना
हम हास्यकवि हैं
हमें हास्यास्पद मत बनाना!'

थानेदार पहले तो चौंका
फिर गुर्राया, फिर भौंका
बोला–'क्या कहा, आप कवि हैं?'
हमने कहा–जी हाँ, कवि हैं!
नाम है हमारा प्रदीप चौबे
टी.वी. पर आते हैं
पूरे हिंदुस्तान में जाते हैं
देश का बच्चा-बच्चा हमें जानता है
लेकिन अफ़सोस
हमारे इलाक़े का थानेदार ही
हमें नहीं पहचानता है,

जी में आता है कहीं डूब मरें!'
वो बोला–चिंता न करें
अभी प्रबंध करवाता हूँ।'
कहकर थानेदार ने आवाज़ लगाई–
'हवलदार! इसे बंद कर दो
खाल खींचकर रबर छंद कर दो।'
हमने कहा–
'क ... क क्या कह रहे हैं आप?'
वो बोला–'शटाप!
उल्लू बनाता है?
कहता है मेरा पर्स किसी ने उड़ाया
अबे तू कवि है
तो तेरे पास पर्स कहाँ से आया?
कमाल है! कवि के पास पैसे!
आख़िर किसके, आख़िर कैसे?
हवलदार–!'

दुबारा हवलदार सुनते ही
हमारे होश उड़ गए
दोनों हाथ अपने आप जुड़ गए
हमने कहा–'थानेदार साहब/
आप ठीक कहते हैं
कवियों के पास भी कहीं पैसे रहते हैं?
मेरा कोई पर्स-वर्स नहीं गया
मैं तो आपसे मज़ाक कर रहा था
मैं सचमुच ही एक हास्य-कवि हूँ
हँसी-मज़ाक करना मेरा पेशा है
मुझे माफ़ कर दो ....!'
थानेदार बोला–

सीरियस करना मेरा पेशा है
थाने में मज़ाक करने के
पचास रुपए धर दो....!'

हमने कहा–'साहब,
पचास रुपए होते तो यहाँ आता?
सीधे टी.आई. के पास न जाता।
आपके लिए
सिर्फ़ सवा रुपया बचा है
आज का काम इसी से चला लो ...'

थानेदार ने इधर-उधर देखा
फिर धीरे-से बोला–
'लाओ सवा रुपया ही निकालो!'

हमारा हाथ
अपने आप जेब में चला गया
दो रुपए का एक नोट बाहर आया
और हमारी उँगलियों से
फिसलता हुआ
थानेदार की जेब में समा गया।
हमारी जेब अब पूरी तरह ख़ाली थी
मन का हाल अजब था
न उसमें क्रोध था,
न कुंठा थी, न गाली थी
सिर्फ़ एक मौन था
जो बार-बार हमसे पूछ रहा था
कि यार
पहले वाला जेबकतरा था
तो यह थानेदार कौन था?

–'मौसम', विनयनगर सेक्टर-4, ग्वालियर 12

प्रेमकिशोर 'पटाखा'

किराए के श्रोता

एक कवि
किसी दूसरे कवि की रचना
मंच पर अपने नाम से पढ़ गए
असली कवि उखड़ गए
बोले–आप मेरी रचना पढ़ रहे हैं,
कवि बोले–अच्छा तो ये आपकी है?
तभी तो उखड़ रहे हैं।
रचना में दम होता तो जम जाती
कवि बोले–आपको शरम नहीं आती
वे बोले–शरम कैसी?
आपने लिखी है जैसी,
पढ़ रहे हैं वैसी,
यह भी हमारा एक प्रयोग है
आपने पकड़ लिया मात्र संयोग है
वर्ना हमने बड़े-बड़े
हाईरेट कवियों की रचनाएँ
हाफरेट में चला दीं,
आज तक पकड़ में नहीं आए
इसको कहते हैं उस्तादी,
हमारे साथ में ट्रेंड
तालीवादक श्रोता भी किराए पर चलते हैं
बहुत-से बेरोज़गार इसी धंधे में पलते हैं,
धंधे की बात सुनकर
बेचारा कवि शरमा गया
अगले दिन से वो भी
ताली बजाने वालों में आ गया।

सारे जहाँ से अच्छा

नेता यहाँ हमारे फ़सलों-से उठ रहे हैं,
आश्वासनों के बल पर जनता को ठग रहे हैं,
डंडा औ' झंडा, चंदा चमचों का है सहारा,
सारे जहाँ से अच्छा, हिंदोस्ताँ हमारा।
अख़बार की ख़बर है, दुर्घटना घट रही है,
कहीं बम, कहीं पटाखा, कहीं गैस फट रही है,
जासूसी कर रहे हैं, कहकर वतन है प्यारा,
सारे जहाँ से अच्छा, हिंदोस्ताँ हमारा।

चुनाव से पहले

नेता जी के नए चमचों ने
नई जीप का टायर बर्स्ट कर दिया,
चुनाव से पहले
परिणाम स्पष्ट कर दिया।

–8/72 **लक्ष्मीपुरी, अलीगढ़ (उ.प्र.)**

डा. बरसानेलाल चतुर्वेदी

व्यंग्योक्ति

अस्सी बरस के एक सदाबहार नेता ने
एक रूपवती कन्या को 'लव लेटर' लिखा।
पत्रकार जो कयामत की नज़र रखते हैं,
पत्र ले उड़े
और उसे 'घोषणा-पत्र' की तरह छाप दिया।
अब तो बात फैल गई जाने सब कोई
चंद्रबदन मृगलोचनी इस पर बहुत रोई

झल्लाई और बोली–
'बाबा, तेरे साथ क्या सलूक किया जाए?
मार दिया जाए या छोड़ दिया जाए?'

बाबा 'डीलक्स' प्रेमी था
छाती तानकर बोला–
'पत्र लिखा कोई चोरी नहीं की
मरने से अब डरना क्या
जब प्यार किया तो झुकना क्या?'
फिर दहाड़ा–
'पत्र लिखने से मैं बाज नहीं आऊँगा
कितना ही फजीता हो लिखता ही जाऊँगा
प्यार की सरिता में हम खा गए ग़ोता
उम्र का तो बालिके, ख़याल किया होता!'

–13/7 **शक्तिनगर, दिल्ली**-110007

बेदिल हाथरसी

कैंची चलाना सीख लें

चाटुकारी सीख लें, मक्खन लगाना सीख लें,
जी में आता है कि अब हम दुम हिलाना सीख लें!

भूख-बेकारी-ग़रीबी को भुलाना सीख लें,
भाषणों के जाम जनता को पिलाना सीख लें!

कुछ तो होगा नाम, शायद दाम भी मिलने लगें,
मंच पर जमने को ठुमके ही लगाना सीख लें!

कौन सुनता है, कलेसीकल विलंबित ख्याल को,
चटपटे फ़िल्मी ग़ज़ल औ' गीत गाना सीख लें!

अब क़लम के माध्यम से पेट तक भरता नहीं,
क्या करें, झख मारकर कैंची चलाना सीख लें!

गेरुआ वस्त्रों से आकर्षित नहीं होता समाज,
गणित के आधार पर सट्टा बताना सीख लें!

अपनी क्या है, जब कहोगे, सर झुका देंगे हुजूर,
आप पहले कुछ दिनों खंजर चलाना सीख लें!

भौंपू, सत्यदेव शास्त्री

कौतुकम्

एक साँप ने एक नेता को डसा
नेता का कुछ नहीं बिगड़ा और साँप चल बसा
जब इसका कारण
कवि मोहन सोनी की समझ में नहीं आया

तब हमने नारद की तरह उन्हें समझाया
कि जमूरे!
साँप के तो सिर्फ पूँछ में और फ़न में ही
ज़हर होता है
लेकिन नेता के हर फन में ज़हर होता है
साँप के काटे का इलाज है,
नेता का काटा बाइलाज है,
नेता जनता रूपी पार्वती के गले का भार है
साँप शुद्ध समाजवादी है,
नेता विशुद्ध संप्रदायवादी है।
साँप शुद्ध द्वैतवादी है, नेता अद्वैतवादी है।
क्योंकि नेता अपने अलावा
और कुछ नहीं देखता है।
इसीलिए ज़माना साँप के आगे नहीं
नेता के आगे घुटने टेकता है।

नेता का जनता को आवाहन

जनता का ख़ून पीते-पीते भी
जब नेताजी का मन नहीं आघाया
तो उन्होंने जनता को रक्तहीन बनाने के लिए
रक्तदान शिविर लगवाया।
इसका उन्होंने
एक मौलिक लाभ भी बताया।
बोले–दोस्तो, जब आप बिल्कुल
रक्तहीन हो जाएँगे
तो पहले तो आप
ब्लड-प्रेशर की बीमारी से मुक्ति पाएँगे,
दूसरे, विश्व के किसी भी कोने में

नहीं होगा शोर-शराबा
सांप्रदायिकता के नाम पर
कहीं भी न होगा ख़ूनखराबा।
सड़कों पर खून की नदियाँ नहीं बहेंगी,
आने वाली सदियाँ हमें बदतमीज नहीं कहेंगी
इसीलिए दोस्तो, तुम मुझे ख़ून दो,
मैं तुम्हें आश्वासन दूँगा,
मेरे रिश्तेदारों और मेरे कुत्तों से बचो,
तो मैं तुम्हें राशन दूँगा।
टुकड़े-टुकड़े पर लड़ने वालो,
मेरी तरफ़ टुकर-टुकर क्या देख रहे हो?
तुम्हें तो अपना ख़ून देकर
भारत माँ को सींचना है
लोभ या क्रोध में मुट्ठियाँ नहीं भींचना है।
आओ, ख़ून देने के लिए
मेरे पास आ जाओ,
वतन की आबरू ख़तरे में है
तैयार हो जाओ।
हे गौतम और गांधी के देश के वासियो!
हे लल्लू-पंजू और घासियो!
मेरे अलावा
महफ़िल में खड़े और बैठे सत्यानाशियो!
रक्तहीन होने पर हमें बोफोर्स तोपों के लिए
खानी नहीं पड़ेगी दलाली
कभी सत्ता-पक्ष और कभी विरोधपक्ष में बैठकर
न मेज़ें थपथपानी पड़ेंगी,
न बजानी पड़ेगी ताली।

–पटेल नगर, मुजफ़्फ़रनगर (उ.प्र.)

मक्खन मुरादाबादी

लावारिश लाश, थाने के पास

सड़क के किनारे थाने के पास,
पड़ी हुई एक लावारिश लाश।
इतनी बदनसीब थी कि उनके लिए
कोई भी नहीं रो रहा था,
पर, इतनी खुशनसीब भी थी
कि उसके अंतिम संस्कार के लिए
आने-जाने वाली हर प्राइवेट गाड़ी से
थाना-स्तर पर चंदा हो रहा था।

मैंने स्थिति जानना चाही
थाने में जाकर।
दारोगा जी बोले-
    'मैं बतला सकता हूँ
    थोड़ी-सी लगाकर।'
दारोगा जी ने थोड़ी-सी लगाई
और स्थिति इस प्रकार समझाई-
    'मक्खन जी, जब कोई बावारिस मरता है
    तो उसके उत्तराधिकारी
    उसका सब कुछ सँभाल लेते हैं,
    और जब कोई लावारिस मरता है
    तो उसका अंतिम संस्कार करने वाले हम लोग़
    उसकी लाश के सहारे
    अपना जेब-ख़र्च ही निकाल लेते हैं।'
मैंने धन्यवाद दिया इस परोपकार के लिए,
और पूछा-
    'सरकार भी तो कुछ देती है

लावारिस के दाह-संस्कार के लिए!'

बोले–
'हाँ, देती है
पर वह बहुत ही नॉमिनल है,
किसी आदमी तो क्या
कुत्ते-बिल्ली के लिए भी बहुत कम है।
वैसे भी आपने
कभी इस मुद्दे पर विचारा नहीं है,
सरकार के दिए पर
किसी का भी गुज़ारा नहीं है।
हम भी इंसान हैं
हमारा भी जी
ऐश-ओ-आराम के लिए मचलता है,
सरकार के दिए पर
केवल नौकरी ही चलती है
यह पेट नहीं चलता है।'

दारोगा जी को सुनकर
मैं पुनः सड़क पर आया
वहाँ खड़ी भीड़ ने समझाया
कि यह लाश तीन दिन से
इसी कार्यक्रम के अंतर्गत पड़ी है
बदबू चारों ओर फैल गई है
इसक कदर सड़ी है।
मैंने थाने में जाकर
पुनः की स्थिति बयान,
दारोगा जी ने यूँ कर दिया समाधान–
कि कुछ हिंदू आए थे

इस लाश को हिंदू बतला रहे थे,
कुछ मुसलमान आए थे
इस लाश को मुसलमान फरमा रहे थे।
एक देशभक्त आया था
जो बहुत चीख़ा-चिल्लाया था कि
'ये लाश–
किसी आरक्षण के मारे की हो सकती है
ये लाश–
डिग्रियों के इशारे की हो सकती है
ये लाश–
जवानी में हो गए
किसी बर्बाद की हो सकती है
ये लाश–
लोकतंत्र की हो सकती है
समाजवाद की हो सकती है।
इन सबने मिलकर मेरी आफ़त बुलाई है
मजबूरन मैंने इसकी चीराफाड़ी भी करवाई है,
पर क्या करूँ?
अभी मुझ तक इसकी रिपोर्ट ही नहीं आई है।'

इतने में ही फ़ोन खटखटाया–
'क्या अभी तक पता नहीं लग पाया
कि ये लाश,
किसी हिंदू की है या मुसलमान की है?'
मैंने कहा–चुप क्यों हो?
जवाब दे दो,
ये लाश पूरे हिंदुस्तान की है।

–बाजार गंज, निकट कोतवाली, मुरादाबाद (उ.प्र.)

मधुप पांडेय

सास-बहू!

सास ने बहू से पूछा, 'बहू
तू अपने मायके से आई है।
दहेज में कौन-सा सामान लाई है?
बहू बोली–
    पति के लिए गाड़ी
    ननद के लिए साड़ी
    ससुर के लिए छड़ी
    देवर के लिए घड़ी
    जेठजी को जाकेट
    जेठानी को लाकेट
    घर में हैं जो छौने
    उनके लिए खिलौने।'
सास गुर्राई–
    'अरी कुलच्छनी
    तूने सबके तो नाम गिना दिए
    परंतु यह नहीं बताया
    कि क्या लाई है मेरे लिए?'
प्रश्न सुनकर बहू कुछ झिझकी, कुछ सकुचाई;
कुछ शरमाई।
फिर साहस करके
सासजी का सामान उठा लाई।
सामान देखते ही
गद्गद् हो गया सासजी का हिया!
क्योंकि उसमें था
एक स्टोव मिट्टी का तेल
और माचिस की डिबिया!!

उसमें थी
बूढ़े बाप की आँखों की उदासी।
उसमें थी
दवा के लिए तरसती
बीमार माँ की घुटन-भरी खाँसी।
उसमें थी
दहेज जुटाने में
लाडले भाई की
छूटी हुई स्कूल की
फटी-पुरानी किताब।
और उसमें थे
छोटी बनके कुचले हुए अरमानों के
झुलसे हुए ख्वाब।

जी हाँ!
यह सच है कि जब भी कोई बूढ़ा बाप
अपनी जवान बेटी के लिए
दहेज जुटाता है
तो बेटी की डोली के साथ-ही-साथ
अपनी स्वयं की अर्थी को भी
कंधा लगाता है।

और इस पर भी
जब दहेज के अभाव का आरोप लगाकर
उसकी लाड़ली बेटी
ज़िंदा जला दी जाती है।
तो मानवता ख़ून के आँसू बहाती है।
करुणा
ममतामयी माँ के आँचल में

मुँह छुपाकर रोती है।
दहेज की बात क्या करें मित्र!
अब तो सिर्फ़ दहेज शब्द सुनकर ही
बड़ी तकलीफ़ होती है!!

निर्माण-कला!

'मंगल पर्व पर
आपने हमें जो लड्डू खिलाए,
वे बहुत फुसफुसे बन गए हैं
इन लड्डुओं ने चरम सुख दिया है।
क्या आप बताएँगे
कि इनका निर्माण किसने किया है?'
वे बोले-
'क़िस्सा मजेदार है,
मेरा बेटा
सरकारी निर्माण-विभाग में ठेकेदार है।
वही बताता है
कि फुसफुसा निर्माण
किस तरह
किया जाता है।'

पौधा-पराक्रम!

पहले दिन
श्रीमान जी ने एक पौधा लगाया।
दूसरे दिन
एक बकरी ने उसे देखा, परखा, खाया।
उसे बड़ा मज़ा आया।
तीन दिन बाद श्रीमानजी फिर से दौरे पर आए।
पौधे के पास
बकरी को मँडराते देखकर
मन-ही-मन मुस्कुराए।
उन्हें
उस बकरी के हावभाव भा गए
और वे उसी रात डिनर में
उस बकरी को खा गए।
अब श्रीमान जी
जब भी दौरे पर आते हैं
एक पौधा ज़रूर लगाते।
परंतु जाने क्या बात है,
कि पौधे के साथ-ही-साथ
बकरी के दल-के-दल ग़ायब हो जाते।
जब यह सिलसिला
बहुत दिन चला
तो उस इलाके के लोग बौखला गए।
सड़कों पर आ गए।
और जब यह प्रश्न एक नागरिक ने उठाया
तो श्रीमान जी की ओर से स्पष्टीकरण आया-

बात सच है

मैं जब भी पौधा लगाता हूँ।
एक बकरी ज़रूर खाता हूँ।
इस तरह एक तो मैं
उस बकरी से
पौधे को बचाता हूँ।
और दूसरे
उसे खाकर, पचाकर
जनता की सेवा के लिए
अपनी सेहत बनाता हूँ।
अजीब हैं लोग
जो ज़रा-सी बकरी के लिए
इतनी चिल्लपों मचा रहें हैं।
हम तो धीरे-धीरे
पूरे देश को ही
खाने का प्रोग्राम बना रहे हैं

सर्जरी : अधुनातन प्रयोग

सर्जरी के जमा थे कुछ विद्वान।
और चला रहे थे अपनी जबान।
पहला बोला–
मैंने एक लँगड़ी को
टाँग लगाई थी।
गत वर्ष
ओलंपिक दौड़ में
वही पहली आई थी।
दूसरा बोला–
परसों ही मैंने
एक लूले का लगाया है नया हाथ।

और कल ही बॉक्सिंग में
विश्व-चैंपियन को उसने दी है
करारी मात।

तीसरा बोला–
मैं तबसे बहुत हूँ परेशान।
जबसे मैंने
एक भेड़िए के होठों पर
चिपकाई है आदमी की मुस्कान।
वह हाथ जोड़े
घर-घर जा रहा है!
और अपने चुनाव के लिए
वोट पटा रहा है!!

–11 देवतले विन्यास, अंबाझरी उद्यान के पास, नागपुर (महा.)

महेंद्र अजनबी

हास्यरस की भयानक कविता

अँधियारी रात, भौंकते कुत्ते
सुनसान हवेली/ हवेली के कंगूरे
कंगूरों में चमगादड़/ मकड़ियों के जाले
नीचे तहख़ाना/ तहख़ाने में खिड़की
जो वर्षों से किसी ने नहीं खोली
वहाँ बैठी थी/ भूतों की एक टोली
आपस में बतिया रहे थे
आदमियों के/ एक-से-एक भयानक क़िस्से
सुना रहे थे।
पूरा-का-पूरा वातावरण था भूतिया
तूतक-तूतक तूतिया।

एक भूत ने दूसरे भूत से कहा–
क्या तुझे
सचमुच आदमी से डर नहीं लगता?

दूसरा भूत बोला–
नहीं यार, इस अंधविश्वास पर तो
मैं विश्वास ही नहीं करता
आदमी में/ विश्वास करने लायक है ही क्या
आज की दुनिया में तो
आदमी ही आदमी का विश्वास नहीं करता
तो मैं क्यों करूँ? फालतू फंड में क्यों डरूँ?

दूसरा भूत बोला–
नहीं यार, मैं तो बहुत डरता हूँ
जब भी घर से बाहर निकलता हूँ
मन ही मन/ हनुमान चालीसा जपता हूँ
'आदमी इंसान नज़र नहीं आवे
महावीर जब नाम सुनावे'
मैं तो अपने बच्चों को भी डराता हूँ
बेटा, सो जा/ नहीं तो आदमी आ जाएगा
तुझे खा जाएगा
बेचारे डर के मारे सो जाते हैं
खाना तक नहीं खाते हैं।

एक बुजुर्ग भूत बोला–
ये कल रात ही शहर होकर आया है
इस पर ज़रूर
किसी खतरनाक आदमी का साया है
किसी झाड़-फूँक करने वाले को बुलवाओ
इस पर से आदमी उतरवाओ
इसे कितनी बार समझाया है

कि ऐसे दिन-दहाड़े या रात में
शहर में न जाए
अगर कभी गलती से चला भी जाए
तो वहाँ के गोल भवन पर
भूलकर भी मत जाइयो
वहाँ सफ़ेद फक्क कपड़ों में बैठे नेता
तुझे चिपट जाएँगे
पेड़ पर उलटा लटका देंगे!
भाषण देंगे
तुझसे वोट माँगेंगे
और यह भी याद रख
अपने इलाके की वोटर लिस्ट में
तू वैसे भी अभी तक नहीं मरा होगा
वहाँ अभी तो तेरा वोट होगा।

एक भूत बोला–
यार, इन नेताओं की भली कही
इस अभूतपूर्व भूत को लो
सुना है यह पहले एक नेता था
हमेशा कुर्सी से चिपका रहता था
कुर्सी से चिपकने की इसकी आदत
अब भी नहीं गई है
रोज़ाना संसद भवन चला जाता है
पूरी कार्यवाही सुनता है,
और वापस आता है।

एक भूत बोला–
ये ज़रूर नेता रहा होगा, नो डाउट
पर विपक्ष का रहा होगा
क्योंकि दिन-भर चिल्लाता रहता है

वाक आउट, वाक वाउट।

दूसरा भूत बोला–
इन ख़ाकी वरदी वालों से तो
बिलकुल बचकर रहियो।
अगर कभी चिपट गए तो
मारते-मारते आदमी बना देंगे
फिर हम क्या कर लेंगे?
आदमी बनाकर तेरी खोपड़ी पर
तबला बजाएँगे और उसे फोड़ेंगे,
तू भागेगा तो
तेरी लँगोटी तक नहीं छोड़ेंगे।

एक भूत बोला–
और इन आतंकवादियों से तो
कई किलोमीटर दूर रहियो

दूसरा भूत बोला–
आतंकवादियों से क्यों?
वे तो बड़े महान हैं
हम भूतों की संख्या बढ़ाने में
उनका बड़ा योगदान है
असली बात तो वे
समझ नहीं पा रहे हैं
खालिस्तान बनाने के चक्कर में
भूतिस्थान बना रहे हैं।

डरपोक किस्म का एक भूत बोला–
राय बहुत हो गई है, अब सो जाओ
आदमी की बातें कर-करके
मुझे और मत डराओ

कई बार तो चक्कर खा चुका हूँ
दो बार तो डर के मारे
बाथरूम जा चुका हूँ।

एक बुजुर्ग भूत बोला–
अबे डरपोक!
ज़रा उन आदम बस्तियों के बारे में भी सोच
जो भरी-पूरी होने के बावजूद वीरान हैं
जहाँ आबाद श्मशान और कब्रिस्तान हैं
जहाँ आदमी आदमी से डरता है
रात में क्या दिन में भी
घर से बाहर नहीं निकलता है
आज का आदमी तो बहुत-बहुत भयावना है
वह तो हम सबसे भी डरावना है!
हम सबसे भी डरावना है!!

–बी-249, पॉकेट-1, (एम.आई.जी.)
सेक्टर-23, रोहणी, दिल्ली 110041

माणिक वर्मा

पाँच चुटकियाँ

चिड़िया

एक चिड़िया ने
दूसरी चिड़िया से कहा–
ये आदमी भी कितना मूर्ख है
खेत में खड़े बेजान पुतले को तो कपड़े पहनाए है
और खुद नंगा घूम रहा है।

दोहरे व्यक्तित्व

दुनिया के दोहरे व्यक्तित्व पर
हमने उसे जी-भर गालियाँ दीं
मन-ही-मन हज़ार जूते लगाए
लेकिन जब गौर किया
अपने-आपसे शर्मिंदा खड़े हैं
उनमें से कुछ जूते हम पर भी पड़े हैं।

क्रास

क्रास का अर्थ है
हमारे लिए दूसरी सूली चढ़ें
और उनको मसीहा मानने के प्रश्न पर
काफ़ी हाऊस में बैठकर
हम एक-दूसरे से लड़ें।

दो डाकू

कल सरेआम चौराहे पर
एक डाकू ने नेता का कर दिया ख़ून
लाश की पीठ पर चस्पा कर दिया यह मजमून
हम समाज के सेवक
जनता की दोहरी मार नहीं सह सकते
एक क्षेत्र में दो डाकू
एक साथ नहीं रह सकते।

हुज़ूर

एक धरतीपुत्र
पहली-पहली बार चुनकर गए थे
सेक्रेटरी पुराना और मंत्री नए-नए थे

सेक्रेटरी ने पूछा, 'हुजूर आपका शुभ नाम?'
'अभी तो कालूराम है
कोई राधा मिल जाए तो राधेश्याम है।'
'हुजूर, आपकी क्या पर्सनालिटी है
ऊपर गूंडी नीचे बाल्टी है।'
'बेटा, ये हिंदुस्तान की स्पेशल क्वालिटी है।'
'हुजूर, महिलाओं में आपके बड़े चर्चे हैं
आप वीरों के वीर, शेरों के शेर
ऐसे दिलेर
कि हमेशा एयर कंडीशन दड़बे में रहते हैं।'
'हट हम वीर नहीं बहादुर हैं
हमें राष्ट्रीय पशु कहते हैं।'

'हुजूर, हमने सुना था
आपके पिताजी घर में सिक्के ढालते थे,
कच्ची दारू भी उतारते थे?'
'घर-घर महुए नहीं गलेंगे
तो बापू के दुधमुँहे सपने कैसे पलेंगे?'

'हुजूर, आपकी तस्वीर पर उल्लू बैठा है,
ये आपके लिए अशुभ है
उससे बचिए।'
'उल्लू के लिए कौन-सा शुभ है
आप उसकी चिंता करिए।'

'हुजूर, आपको मालूम है
अपना देश सोने की चिड़िया था।'
'उस समय हम चिड़ियामार होते
तो बहुत बढ़िया था।'

मेरे देश क्षमा कर देना

अपनों पर अपने हमले हैं, मेरे देश क्षमा कर देना
हम सब भी कितने पगले हैं, मेरे देश क्षमा कर देना।

सीप-ढले मोती होते तो, हम में आब भी होती,
हम तो मशीनों से निकले हैं, मेरे देश क्षमा कर देना।

तन से मन को काट रहे हैं, चर्बी के व्यापारी,
इसलिए हम सब दुबले हैं, मेरे देश क्षमा कर देना।

उस बादल की ऐसी-तेसी, जिसमें पड़े फफोले,
वर्षा में भी पाँव जले हैं, मेरे देश क्षमा कर देना।

जिन्हें देखकर तेरा चेहरा, पड़ जाता है पीला,
उन बँगलों के हम गमले हैं, मेरे देश क्षमा कर देना।

जब-जब अमृतपान की बेला तेरे अधरों आई,
तब-तब हमने विष उगले हैं, मेरे देश क्षमा कर देना।

जाति-धर्म और भाषाओं के हम आजीवन क़ैदी,
अपने घर में बहुत भले हैं, मेरे देश क्षमा कर देना।

अपने काँधों तुझे बिठाकर आसमान ले जाते,
परवाजों के पंख जले हैं, मेरे देश क्षमा कर देना।

हमें गुलामों की पल्टन में नाम लिखाना होगा
यही देखकर हम दहले हैं, मेरे देश क्षमा कर देना।

जिन्हें अँधेरा चौराहों पर जब चाहे नीलाम करे
ऐसे-ऐसे दीप जले हैं, मेरे देश क्षमा कर देना।

किन अपराधों को गिनवाएँ, पोर-पोर अपराधी है
गिन-गिनकर भी हाथ गले हैं, मेरे देश क्षमा कर देना।

–पावर हाउस के पास, हरदा (म.प्र.)

मोहदत्त साथी

रावण

पिछले साल
हमारे शहर की रामलीला में
रावण अकड़ गया
बोला–
    'मैं नहीं जलूँगा।'

उधर रामचंदर जी
बाण-पर-बाण चला रहे थे
इधर श्रीमान रावण खड़े-खड़े
मुस्करा रहे थे।
बड़ी संकट की घड़ी थी
राम और रावण के बीच में
पी.ए.सी. खड़ी थी।
यह तमशा हमसे नहीं देखा गया।
सीढ़ी लेकर पुतले के ऊपर चढ़ गए,
कान में धीरे से कहा–
    भय्ये! त्यौहार का दिन है
    दिल मत दुखाओ
    चलो, चुपचाप जल जाओ।
रावण बोला–
    प्यारेलाल बेवक़ूफ़ मत बनाओ,
    मास्टर परीक्षाओं में,
    रोडवेजवाले शादी-विवाहों में,
    बिजलीवाले गर्मियों में,
    सूरज सर्दियों में,
    सब अपना मौक़ा देख-देखकर
    हड़ताल करते हैं,

आज मेरा दिन है,
मैं तुम्हारी छाती पर मूँग दलूँगा
मैं नहीं जलूँगा।

हमने कहा--
गुरु! क्या कह रहे हो
ये सब तीज-त्यौहार
उत्सव-परंपरा और संस्कार
सबका सब कैसे चलेगा।
तुम नहीं जालोगे
तो फिर कौन जलेगा?

रावण बोला--
प्यारेलाल
आँखें खोलो
ज़रूरत से ज़्यादा मत बोलो
वह देखो नफ़रत की आग में
पूरा-का-पूरा पंजाब जल रहा है
सांप्रदायिकता की आग में
गंगा-जमुना का दोआब जल रहा है
जब जिसके जी में आता है
जला देता है संविधान
तिरंगे झंडे को बड़ी शान से
जला रहा है हिंदोस्तान
दक्षिण में हिंदी विरोध में
तुलसीदास जलाए जा रहे हैं
और एक आप हैं कि तीन घंटे से
हमारे कान खाए जा रहे हैं।
मैंने कह दिया न मैं तुम्हारी
छाती पर मूँग दलूँगा।

मैं नहीं जलूँगा।

हमने कहा–

उस्ताद! बहुत पछताओगे।
ज़्यादा राजनीति लड़ाओगे तो मारे जाओगे।
अगर पुलिस को पता चल गया
तो मार-मारकर हुलिया बिगाड़ लेगी।

इतना सुनते ही रावण हँसा,
हम समझे अब फँसा
बोला–

प्यारेलाल! पुलिस से
तो हमारा जनम-जनम का नाता है।
क्योंकि हर जनम में मरने के बाद
मेरा भाई कुम्भकरण थानेदार बन जाता है।
इसीलिए जब श्रीमती इंदिरा गांधी की हत्या हुई
संत हरचंद सिंह लोंगेवाल शहीद हुए
जनरल वैद्य मौत के घाट उतारे गए
निहत्थे निर्दोष मारे गए,
सारा देश उनकी मौत के लिए रो रहा था
तुम्हीं बताओ मेरा भाई कुम्भकरण
जाग रहा था कि सो रहा था!

इतना सुनते ही हमने हथियार डाल दिए
हमने कहा–

गुरु रामलीला को
सभा भवन मत बनाओ,
ये जूते वहाँ चल सकते हैं
यहाँ मत चलाओ।
अगर तुम्हारा कोई माँग-पत्र हो तो लाओ

हम अभी रामचंदर जी से
समझौता करवाते हैं।

रावण बोला–
प्यारे लाल!
मुझे राम से नहीं
राम के भक्तों से शिकायत है
ये लोग हर साल रामलीला मनाते हैं
मगर रावण के नाम पर
सिर्फ़ एक काग़ज़ का पुतला जलाते हैं।
लेकिन रावण जलकर भी
कहाँ जलता है
वह इनके, उनके, हमारे
तुम्हारे दिलों में पलता है।
इसलिए मुझे जलाने से पहले
दहेज की आग में
बहुओं को जलानेवाले
रावणों को जलाओ,
निहत्थे निर्दोषों पर गोलियाँ चलानेवाले
कुर्सी के लिए जीनेवाले
और कुर्सी के लिए मरनेवाले
रावणों को जलाओ,
देश बेचनेवाले और देश का
सौदा करनेवाले रावणों को जलाओ,
जब तक ये नहीं जलेंगे
मैं जलकर भी नहीं जलूँगा।
मैं आज नहीं जलूँगा।

–पीतांबरा, ए-78, आवास विकास कालोनी,
सिविल लाइंस, बदायूँ (उ.प्र.)

योगेंद्र मौद्गिल

होनहान बिरवान के होत चीकने पात

नेता पिता का इकलौता बेटा
कालेज का हीरो
कक्षा में ज़ीरो
रसिया हसीनों का
शाक़ीन कैसीनो का
शहर-भर में ऊधम मचाता था
किसी को हड़काता था
छेड़छाड़ कर-कर के
सीधा घर आता था
बहुतों ने समझाया
बहुतेरा समझाया
नेता का बेटा, उलटा काटने को आया।
लोग हलकान बेचारे
परेशान बेचारे
कंपलेंट लेकर के नेता के पास आए
नेता ने ध्यान से
बड़े ही गुमान से
लोगों के सामने कर लिया वायदा
कि पुत्र को समझाऊँगा
आज ही धमकाऊँगा।
होते ही रात जैसे पुत्र घर में आया
नेता ने उसे अपने रूम में बुलाया
बेटे ने मामला मन में समझ लिया
तुरंत पिता के कमरे में घुस लिया
बेटे को देख नेता मुस्कुराया
बड़े ही लाड़ से कुर्सी पे बैठाया

फिर बोला प्यार से–
'क्यूँ बे नटखट, नालायक
यही हाल रहे तो
कैसे बन पाएगा विधायक!
नहीं बन पाया तो
मेरे सपने रह जाएँगे अधूरे
अबे घूरे!
ये जीवन पानी का बुलबुला है
और तू मूढ़
इसी छोटे से पीरियड को
बर्बाद करने पर तुला है
मेरी तो समझ में नहीं आता
कि तू स्वयं को इधर-उधर क्यूँ भटकाता है
बेवकूफ़, तू सीधा कालेज क्यूँ नहीं जाता है?'

बेटा भी बाप-सा मंद-मंद मुस्काया
कुर्सी से उठ सीधा नेता की ओर आया
एकबारगी तो नेता भी घबराया
लेकिन बेटे ने
जो कुछ उसके कानों में फुसफुसाया
नेता उत्साहवर्धिनी बत्तीसी के संग खिलखिलाया।
दरअसल, बेटे ने कहा था चुपचाप–
पिताश्री, क्यों चिंता करते हैं आप
मैं जितना पढ़ना था पढ़ लिया
जो सीखना था सीख लिया
प्रेमपत्र, धमकी-पत्र,
कमीशनसैटिंग के व्यापारिक-व्यावहारिक पत्र,
और 'किडनैपिंग इंडस्ट्री'
अर्थात् अपहरण उद्योग की खातिर फ़िरौती-पत्र

पूर्णतया शुद्ध एवं
व्यापारिक भाषा में लिखने मुझे आते हैं
शहर की कई कैंटीनों में मेरे बेनामी खाते हैं,
जहाँ माल मैं और मेरे मित्र उड़ाते हैं।
बिल मार्केट के लाला जी चुकाते हैं।
चाकुओं की क्रिकेट
तमंचों की फुटबाल
खेलना सीख लिया है
भुजा, पाँव और नेत्रदंड पेलना सीख लिया है।
थोड़े ही दिनों में पापा
मंत्री जी की नज़रों में आ जाऊँगा
युवा पार्टी का अध्यक्ष बनकर दिखाऊँगा।
अरे पापा, नाहक चिंता छोड़िए
निश्चिंत हो जाइए
चैन की नींद सो जाइए
मुझे आपकी इज्जत का
सफेद कुर्ते-पायजामे का
खादी की टोपी का पूरा ख़्याल था
क्योंकि मेरी रगों में
आपका शुद्ध राजनीतिक रक्त दौड़ रहा है
इसलिए बंदा आज ही से
छिटपुट मारामारी के धंधे छोड़ रहा है।

अबकी बार तो कोई बड़ा हाथ दिखाऊँगा।
विदेश घूमकर आऊँगा।
आप नहीं जानते, पापा
कि ये नवयुग की आँधी है
ड्रग्स और हथियारों के धंधे में
चाँदी-ही-चाँदी है।

अरे पापा, अभी आपने डालर नहीं देखे
आजकल डॉलरों का बड़ा क्रेज है
दरअसल, आप 'ओवरेज' हैं
वर्ना नाचते, गाते, झूमते
मेरे माथे को चूमते।

नेता तुरंत बोला–
'अरे नहीं पुत्र, ऐसी बात नहीं
दरअसल मैं
तुम्हारी जवानी का उबाल देख रहा था
अपने रक्त का कमाल देख रहा था
सत्य ही कही है बुजुर्गों ने यह बात
कि होनहार विरवान के होते चीकने पात
मुझे तुम पर गर्व है पुत्र
तुम निश्चिंत होकर विदेश जाओ
मैं देश को सँभाल लूँगा
तुम उधर से 'तरी' भेजना
मैं इधर से 'माल' दूँगा
लेकिन पुत्र
मेरी यह बात हवा में मत उड़ाना
कान खोलकर सुन लो
गाँठ बाँध लो
इलैक्शन से पहले लौट आना
अबकी बार
विरोधियों की हवा खिसकानी है
मेरे होनहार पुत्र
तुझे भी टिकट दिलवानी है।'

–2393-94, **फेज-2, न्यू हाउसिंग बोर्ड कालोनी, पानीपत** 132103

राजेंद्र चंचल

कटपीस

एक डाकू ने बड़ी शान से
सीना तान के
राजनीति में प्रवेश किया
मगर जल्दी ही संन्यास ले लिया
पूछा इसका कारण
तो इस तरह उसने
किया शंका का निवारण–
‘हम तो यूँ ही अड़े हैं
यहाँ तो हमारे बाप भरे पड़े हैं।’

वोटों की गिनती के दौरान
नेताजी के पास
एक खास
चमचा आया
और उसने बताया–
‘सरकार! आपके यहाँ हुई है
कन्याएँ चार’।
सुनते ही नेताजी ताव में आए
और यों चिल्लाए–
‘पुनः गणना की जाए।’

नई बहू को सास ने बुलाया
पास बैठाया
और यों समझाया–
'मैं हूँ तुम्हारी सास
मेरे सामने मत करना कभी बकवास
मेरी हाँ में हाँ मिलाया करो,
मजे उड़ाया करो।'
कुछ समय बाद सास बोली–
'बहू!
बुढ़ापे से तंग आ गई हूँ
मर जाऊँ तो अच्छा है।'
बहू से उत्तर दिया–
'माँ जी,
हाँ जी।'

–एडवोकेट, मालखाना गेट, तीस हज़ारी, दिल्ली 110054

राधेश्याम 'प्रगल्भ'

था और थी

एक था और एक थी।
था ने थी से मोहब्बत की।
अफ़साना हो गया,
दुश्मन सारा ज़माना हो गया।
गली-गली उन्हीं दो नामों के चरचे,
दीवार-दीवार पर
उन्हीं दो नामों के परचे।
थी बेचारी क्या करे
जिए कि मरे,
कह न सकी, सह न सकी,

मर गई,
एक बहुत लंबी यात्रा
एक हिचकी में तय कर गई।
था को न जाने क्या हो गया
उसे लगा,
जैसे उसका सब कुछ खो गया।
थी कि वियोग में बेसुध-सा
बीमार-सा रहने लगा,
और ज़माना उसे पागल कहने लगा।
कभी-कभी वह एकांत में चला जाता
धरती के काग़ज़ पर कोमल-कोमल उँगलियों से
थी का नाम लिखता, उसी के चित्र बनाता
और जब कभी होटों से उसके गीत गाता
तो लोगों से पत्थरों की बौछार पाता।
और एक दिन आया,
जब औषधि और सहानुभूति के अभाव ने
उसको भी खाया।
कहानी समाप्त हुई।
संयोग से इस कहानी को
एक फ़िल्मी प्रोड्यूसर ने फ़िल्मा दिया
अजी ग़जब ढा दिया।
लोग बेतहाशा, फ़िल्म के गीत गाने लगे
कलाकारों ने भी
भूमिका कुछ ऐसी ख़ूबी से निभाई
विक्स आँखों में लगा-लगाकर
आँसुओं की वह धारा बहाई
कि जनता को फ़िल्म ज़रूरत से ज़्यादा भाई।
परिणामतः हुआ ऐसा,
फ़िल्म को नाम मिला

प्रोड्यूसर को पैसा,
कलाकारों को मिला
सम्मान, पुरस्कार।
सोचता हूँ।
कैसा ज़माना आ गया है,
नाटक को पुरस्कार
हक़ीक़त पर पत्थरों की बौछार
ऐ युग!
तुझे सौ-सौ नमस्कार।

रामेश्वर वैष्णव

बड़ी मुसीबत

नेताजी ने पूछा हमसे–
'कहिए मिस्टर शरीफ़
और कोई तकलीफ़?'
हम केवल धीरे से बोले–
'और तो सब ठीक चल रहा है।
वो बोफोर्स कांड सीने में मूँग दल रहा है।'
नेताजी ने त्यौरी बदली–
'मत भूलिए बंधुवर!
यह राष्ट्रीय संकट की घड़ी है।
चारों तरफ़ अभूतपूर्व सूखा पड़ा है
और आपको बोफोर्स की पड़ी है।'
हमने कहा–'संकट की घड़ी है तो
उत्सव क्यों मना रहे हैं?'
नेताजी बोले–
'संकटग्रस्त लोगों को ज़िदादिल बना रहे हैं।'

हमने कहा–
'पहले ज़िंदा तो कीजिए।
फिर शौक से आतंकवाद की
ज़हरीली शराब पीजिए।'
नेताजी बिफरे–
'सी.आई.ए. के एजेंट
राष्ट्र को तोड़ने के षड्यंत्र बो रहे हैं।
और आप आतंकवाद को रो रहे हैं।'
हमने हँसकर कहा–
'तो महँगाई का कुछ कीजिए उपाय।
भले बेरोज़गार करते रहें हाय-हाय।'
नेताजी यूँ बोले–
'आपने भी भली लगाई है।
आप हिंदुस्तान का किस्सा लिए बैठे हैं
जबकि सारी दुनिया में महँगाई है।
आपको पता है,
अरब देश में पानी का एक बोतल
पूरे पाँच रुपए में मिलता है।'
हम जल-भुनकर बोले–
'मगर वहाँ पेट्रोल तो सस्ता है।
यहाँ तो जलकर मरने वालों की भी
हालत खस्ता है।'
नेताजी चिल्लाए–
'इसी का नाम विकास है।'
हमने कहा–
'और ये भ्रष्टाचार क्या आपकी सास है?'
नेताजी गंभीरतापूर्वक मुस्कुराए
धीरे से पास आए
फरमाए–

'सास नहीं, हमारी माता है
लेकिन आपका क्या जाता है?
भारतवर्ष की आधी आबादी
ग़रीबी की रेखा के नीचे जीवन बिता रही है
और आपको भ्रष्टाचार की याद सता रही है!'
हम भड़क उठे–
'भ्रष्टाचार जाए भाड़ में।
यहाँ तो समूचा गाँव बह गया बाढ़ में
इसका कोई समाधान है?
या इससे भी बड़ी मुसीबत का प्रावधान है!'
नेताजी बोले–
'बह गया तो बहने दो
आप क्यों भावना में बह रहे हैं?
चिंतनीय बात तो यह है जनाब?
कि हमारे पारंपरिक वोटों के
गढ़ ढह रहे हैं।
'सांप्रदायिकता सर उठा रही है।'
'हमारी पार्टी क्षेत्रीय हुई जा रही है।'
'कानून और व्यवस्था का
दिवाला निकल रहा है।'
'विरोधियों का एक हो जाना
हमें खल रहा है।'
'क्षेत्रीयतावाद ज़ोर पकड़ रहा है।'
'हमारा आदमी हमीं से लड़ रहा है।'
'भारत का पैसा स्विट्जरलैंड जा रहा है।'
'सामने से हट जाओ, हमें गुस्सा आ रहा है।
इन छोटी-छोटी मुसीबतों को लेकर
हमारा भेजा मत खाओ।
कोई बड़ी मुसीबत हो तो

हमारे सामने लाओ।'
'तो आप ही सामने आइए
सारी गड़बड़ी यहीं है।
सच तो यह है हुजूर,
कि कोई भी मुसीबत
आपसे बड़ी नहीं है।'

–डाकघर बैकुंठ (रायपुर) म.प्र.

डा. वीरेंद्र तरुण

बापू के पदचिह्न

हम बापू के पद्चिह्न
मिटने नहीं देंगे
भारतवासियों को
उन पर चलने ही नहीं देंगे
अगर वे उन पर चले
तो मिट जाएँगे
आप ही बताएँ
बापू के आदर्श अपनाकर
हमारे बच्चे क्या खाएँगे
केवल लँगोटी लगाते
रह जाएँगे।

भाग्य का सितारा

पप्पू के पापा
आपने सुनी पड़ोसियों की शिकायत
आपका सपूत
पड़ोसियों की लड़कियाँ छेड़ता है

काम कुछ करता नहीं
सुबह-शाम दंड पेलता है
तहसीलदार के जाली हस्ताक्षर बनाकर
चीनी और मिट्टी के तेल के
परमिट बना रहा है
हमको उल्लू बनाकर
पड़ोसियों को चूना लगा रहा है
    सुना है, लोगों ने
    थाने में रिपोर्ट करा दी है
    वह जेल जाने वाला है
मैंने कहा– नहीं डार्लिंग
वह नेता बनने वाला है।

–प्रतिभा क्लीनिक, मुरसान गेट, हाथरस (उ.प्र.)

वेदप्रकाश

जनसंख्या यों बढ़ती है!

रात सपने में मंत्री से पूछ बैठे–
बढ़ती हुई जनसंख्या पर आप कुछ कहेंगे?
बोले–हम और चुप रहेंगे?
इसमें कहने को है भी क्या?
सीधी-सी बात है,
जनसंख्या बढ़ाने में विदेशी हाथ है।
हम बोले–बात समझ में नहीं आई ये,
बोले–ये तो समझाएगा पी.ए.।

पी.ए. से पूछा तो कहने लगा–
ये भी पता नहीं क्या-क्या बक देते हैं,
बोलने से पहले

बुद्धि के ढक्कन को तो बिलकुल ही ढक देते हैं,
पर जब बोल दिया है
तो बात थोड़े ही गिराऊँगा।
समझने के लिए
तुम मन में थोड़ी कल्पनाएँ बुनो मिस्टर वेद,
सोचो, तुम मर गए हो
लोगों ने ढक दी है चादर तुम पर सफ़ेद।
मैंने कहा–देख, मंत्री के पी.ए.
ऐसा नहीं हो सकता, मैं मरूँ और तू जिए,
तू भी मेरे साथ मर।
बोला–मत डर।

सोच, दोनों मर गए,
और ले ये ऊपर गए।
ऊपर गए तो कमाल था,
विदेशियों का भारत में जन्म पाने के लिए
बुरा हाल था।
आधे लोग तो लाइन में ही सो गए।
कुछ खड़े-खड़े बेहोश हो गए।
पी.ए. बोला–

इन सबके ही हैं
जनसंख्या बढ़ाने में विदेशी हाथ,
आओ, बताऊँ मैं इनकी बात।
बात बताने के लिए,
खुलकर समझाने के लिए
लाइन में लगे एक विदेशी से कहा–
भाई साब ज़रा हटना।
बोला–

देख रहे हो कैसे अकड़ रहा हूँ,
छह महीने से यहाँ सड़ रहा हूँ,
एक बार हटकर और छह महीने सड़ूँ।
तुम तो चाहते हो
मैं फिर पोलैंड में जा पड़ूँ।
जहाँ राशन भी लाइन से, तेल भी लाइन से
चोरी भी लाइन से, जेल भी लाइन से
वाइन भी लाइन से
और तो और लाइन भी लाइन से।
अब ये आखिरी लाइन भी छोड़ दी
तो फिर इंडिया में जन्म नहीं मिलने का,
तुम तो कुछ भी कह लो
मैं यहाँ से नहीं हिलने का।

जब वह नहीं हिला
तो पी.ए. ने दूर से ही समझाया–
सुनो भारतीय काया–
वो देखो
आदमी क्या है आड़ू है
लेकिन जुगाड़ू है।
इसका पार्टनर से झगड़ा हुआ था।
अलग हो गया और चैलेंज कर दिया
अगला जनम भारत में पाऊँगा
जितना तुम तेल से कमाते हो
मैं दूधिया बनकर पानी से कमाऊँगा।

वो जो लेटा है
जिस्म पर जिसने खादी को लपेटा है
खादी की ही जिसकी शैया है,

है तो नेता पर छुट-भैया है,
इसकी सारी ज़िंदगी ऐसे ही सड़ी,
करोड़ों फूँकने के बाद भी
इसके पल्ले एक वोट नहीं पड़ी।
लेकिन इसका मानना है,
भारत में नेता बनने की पूरी संभावना है।
यही सोच
इसके मन का कमल खिल जाता है,
कि यहाँ एक पव्वा के बदले
वोट मिल जाता है।
यह बम बनाता है
बड़े सुंदर बम बनाता है
फोड़ने लायक।
मगर सारे बम रखे ही रह गए,
लोगों के ख़ून का स्वाद
बिन चखे ही रह गया।
लेकिन अगर यह यहाँ नहीं आया तो
फिर जीवन-भर हाथ मलेगा,
अरे, बम का धंधा
भारत से अच्छा और कहाँ चलेगा?

इसकी अलग ही धुन है,
किए तो रेप हैं,
पर कहता है इसके गुण हैं,
इसकी ख़ूबी है,
वो तो पिछला जनम
अरब देश में होने से किस्मत डूबी है,
इसलिए बार-बार रोता है,
इस जैसा योग्य व्यक्ति तो

भारत में थानेदार होता है।

यह अपने देश की
सर्वश्रेष्ठ चप्पल कंपनी में कर्मचारी है,
कंपनी हल्की नहीं, भारी है।
कंपनी का दावा है
काम के काम से एक जनम में
एक जोड़ी चप्पल घिसाइए
लाखों के इनाम पाइए।
इस जनम में
यह उसी इनाम को पाना चाहता है
इसलिए भारत में आना चाहता है
क्योंकि यह जानता है
कि यहाँ काम की तलाश में
पहले ही राउंड में चप्पलें गईं,
दूसरे में छाले
और तीसरे में तो
पूरा तलवा ही छिल जाता है
लेकिन काम! काम नहीं मिल पाता है।

इससे पहले वे किसी और से मिलाएँ,
हम बोले–महिलाएँ?

कहने लगा–कैसा उतावला हो गया,
महिला दिखाई नहीं दी तो बावला हो गया।
कोई गारंटी है वह जनम ले पाएगी,
यह भारत है प्यारे
गर्भ में ही मार दी जाएगी।
जन्म लेकर भी जीना मुहाल है,

बाप खुद बेटी का गला घोट दे,
यहाँ तो ऐसा हाल है।
बाप से भी बच गई तो,
जवानी में ऐसे लोग आएँगे
फूलन की तरह इसको भी चंबल भिजवाएँगे
वे लोग ना भी आए
तो इसके हाथ क्या आएगा?
ससुराल वालों से बचाने तू आएगा?
या तो जला दी जाएगी
या लटककर मर जाएगी,
और बच भी गई तो
समाज की पुरानी रूढ़ियों की चारदीवारी से
सिर पटक-पटक कर मर जाएगी।
ज़िंदगी, इसके हिस्से में
एक क़तरा भी नहीं आएगी।

अब पी.ए. ने
हमें अगले सज्जन से मिलाया
मगर उससे पहले ही
हमारी बीवी ने हमें हिलाया
सुना, एक ही रात में,
पड़ोसी बदल गए छह से आठ में,
उठो,
उन्हें बधाई देने का
कष्ट तो उठाओ थोड़ा,
हैट्रिक मारी है,
तीसरी बार आया है उनके घर में
नवजात जोड़ा।

–257 घोंडा, निकट सेंट्रल बैंक, दिल्ली 110053

शैल चतुर्वेदी

चल गई

वैसे तो मैं एक शरीफ़ इंसान हूँ
आप ही की तरह श्रीमान हूँ
मगर अपनी आँख से
बहुत परेशान हूँ
अपने आप चलती है
लोग समझते हैं–चलाई गई है
जान-बूझकर मिलाई गई है।

एक बार बचपन में
शायद सन् पचपन में
क्लास में
एक लड़की बैठी थी पास में
नाम था सुरेखा, उसने हमें देखा
और बाईं चल गई
लड़की हाय-हाय
क्लास छोड़ बाहर निकल गई।
थोड़ी देर बाद
हमें है याद
प्रिंसिपल ने बुलाया
लंबा-चौड़ा लैक्चर पिलाया
हमने कहा कि जी भूल हो गई
वो बोला–
    ऐसा भी होता है भूल में
    शर्म नहीं आती
    ऐसी गंदी हरकत करते हो
    स्कूल में?

और इससे पहले कि
हकीकत बयान करते
फिर चल गई।
प्रिंसिपल को खल गई।
हुआ यह परिणाम
कट गया नाम
बमुश्किल तमाम
मिला एक काम।

इंटरव्यू में, खड़े थे क्यू में
एक लड़की थी सामने अड़ी
अचानक मुड़ी
नज़र उसकी हम पर पड़ी
और आँख चल गई
लड़की उछल गई
दूसरे उम्मीदवार चौंके
लड़की का पक्ष लेकर भौंके
फिर क्या था
मार-मार जूते-चप्पल
फोड़ दिया बक्कल
सिर पर पाँव रखकर भागे
लोग-बाग पीछे, हम आगे
घबराहट में घुस गए एक घर में
भयंकर पीड़ा थी सर में
बुरी तरह हाँफ रहे थे
मारे डर के काँप रहे थे
तभी पूछा उस गृहणी ने-
    कौन?
    हम खड़े रहे मौन

वो बोली
बताते हो या किसी को बुलाऊँ?
और उससे पहले
कि मैं जुबान हिलाऊँ
चल गई
वह मारे गुस्से के
जल गई
साक्षात दुर्गा-सी दीखी
बुरी तरह चीखी
बात-की-बात में जुड़ गए अड़ोसी-पड़ोसी
मौसा-मौसी
भतीजे-मामा
मच गया हंगामा
चड्डी बना दिया हमारा पजामा
बनियान बन गया कुर्ता
मार-मार बना दिया भुर्ता
हम चीख़ते रहे
और पीटने वाले
हमें पीटते रहे
भगवान् जाने कब तक
निकालते रहे रोष
और जब हमें आया होश
तो देखा अस्पताल में पड़े थे
डाक्टर और नर्स घेरे खड़े थे
हमने अपनी एक आँख खोली
तो एक नर्स बोली–
'दर्द कहाँ है?'
हम कहाँ-कहाँ बताते
और इससे पहले कि कुछ कह पाते

चल गई
नर्स कुछ नहीं बोली
बाई गॉड!
मगर डाक्टर को खल गई
बोला—
    इतने सीरियस हो
    फिर भी ऐसी हरकत कर लेते हो
    इस हाल में
    शर्म नहीं आती
    मौहब्बत करते हुए
    अस्पताल में?
उन सबके जाते ही आया वार्ड बॉय
देने लगा अपनी राय
भाग जाएँ चुपचाप
नहीं जानते आप
बात बढ़ गई है
डाक्टर को गड़ गई है
केस आपका बिगड़वा देगा
न हुआ तो मरा हुआ बतलाकर
ज़िंदा ही गड़वा देगा।
तब रात के अँधेरे में आँखें मूँदकर
खिड़की से कूदकर भाग आए
जान बची तो लाखों पाए।

एक दिन सकारे
बाप जी हमारे
बोले हमसे—
    अब क्या कहें तुमसे?
    कुछ नहीं कर सकते

तो शादी ही कर लो
लड़की देख लो।
मैंने देख ली है
ज़रा हैल्थ की कच्ची है
बच्ची है, फिर भी अच्छी है
जैसी भी है, आख़िर लड़की है
बड़े घर की है, फिर बेटा
यहाँ भी तो कड़की है।
हमने कहा–
जी अभी क्या जल्दी है?
वे बोले–
गधे हो
ढाई मन के हो गए
मगर बाप के सीने पर लदे हो
वह घर फँस गया तो सँभल जाओगे
खोटे सिक्के हो, मगर चल जाओगे।
तब एक दिन भगवान से मिलके
धड़कता दिल ले
पहुँच गए रुड़की, देखने लड़की
शायद हमारी होने वाली सास
बैठी थी हमारे पास
बोली–
यात्रा में तकलीफ़ तो नहीं हुई
और आँख मुई चल गई
वे समझीं कि मचल गई
बोलीं–
लड़की तो अंदर है
मैं लड़की की माँ हूँ
लड़की को बुलाऊँ

और इससे पहले कि मैं जुबान हिलाऊँ
आँख चल गई दुबारा
उन्होंने किसी का नाम ले पुकारा
झटके से खड़ी हो गई
हमारे बाप जी का सारा प्लान ही धो गई
हम जैसे गए थे लौट आए
घर पहुँचे मुँह लटकाए
पिता जी बोले–

    अब क्या फायदा
    मुँह लटकाने से
    आग लगे ऐसी जवानी में
    डूब मरो चुल्लूभर पानी में
    नहीं डूब सकते तो आँख फोड़ लो
    नहीं फोड़ सकते तो हमसे नाता ही तोड़ लो
    जब भी कहीं जाते हो
    पिटकर ही आते हो
    भगवान् जाने कैसे चलाते हो?

अब आप ही बताइए
क्या करूँ?
कहाँ जाऊँ?
कहाँ तक गुन गाऊँ अपनी इस आँख के
कमबख़्त जूते खिलवाएगी
लाख-दो-लाख के।
अब आप ही सँभालिए
मेरा मतलब है कोई रास्ता निकालिए
जवान हो या वृद्धा, पूरी हो या अद्धा
केवल एक लड़की
जिसकी एक आँख चलती हो
पता लगाइए

और मिल जाए तो
हमारे आदरणीय 'काका' जी को बताइए।

–श्रीराम अपार्टमेंट्स,
फ्लैट नं. 41-42, चौथा माला, प्लाट नं. 17,
फिल्मसिटी रोड, शुचिधाम, मलाड (पूर्व) बंबई-97

संजीव दीक्षित

कुत्ता बनाम आदमी

एक कुत्ते ने
साथी कुत्ते से कहा–
यार, भौंकना अब
हमारे अकेले के
बस का नहीं रहा।
इसलिए चलो
कोई आदमी पाल लें
और अपने बुजुर्गों का
सारा बदला निकाल लें।
दूसरा कुत्ता बोला–
माना कि
समय में बदलाव आ गया है,
आदमी में भीतर का
जानवर जाग गया है,
लेकिन अपनी ज़िंदगी
इतनी फालतू नहीं है!
मत सोच कि आदमी पाल लें,
क्योंकि आदमी
जंगली जानवर है,
–पालतू नहीं है!

सत्यपाल नांगिया

हर हर गंगे, हर गंगे

कर्जा लेकर खाता चल
सबका माल पचाता चल
कर्जा जो वापिस माँगे
गाली उसे सुनाता चल
नंगा होकर नाच तुझे भी सारे दीखेंगे नंगे
हर हर गंगे, हर गंगे

इसको लट्ठ जमाता चल
उसको भी धमकाता चल
नगर-नगर में गुंडागर्दी
के त्यौहार मनाता चल
पुलिस स्वयं ढूँढ़ेगी उसको जिसने फैलाए दंगे
हर हर गंगे, हर गंगे

कोठी चार खड़ी कर ले
घर में कार खड़ी कर ले
बकने दे लोगों को, घर में
फ़सल बहार खड़ी कर ले
बकने वाले रह जाएँगे, क्या कर लेंगे भिखमंगे
हर हर गंगे, हर गंगे

दफ़्तर में कुछ काम न कर
पुरखों को बदनाम न कर
सच्चाई का ठेका लेकर
अपना काम तमाम न कर
मरने पर पैसा ही तेरे संग चलेगा सारंगे
हर हर गंगे, हर गंगे

तू अपने को समझ अमर
बाक़ी सब कुछ है नश्वर

लोगों को भय दे ईश्वर का
खुद ईश्वर से कभी न डर
ईश्वर खुश है आसमान के रूप देखकर सतरंगे
हर हर गंगे, हर गंगे

खाता पीता फलता जा
हँसता-हँसता चलता जा
खुदगर्जी की मोहक धुन का
ले आनंद उछलता जा
तेरी इच्छाओं की सीमा जा पहुँचे कंचनजंगे
हर हर गंगे, हर गंगे

–ई 4-10, मालवीय नगर, नई दिल्ली

डा. सरोजनी प्रीतम

मेरी हँसिकाएँ

दया

उनकी पत्नी का मन सदा रोता था
क्योंकि पति की सेक्रेटरी दया थी
तथा उनका हर काम
औरों की दया से होता था।

शांति

नए उच्चाधिकारी शांतिदेवी को देखकर मचले
तथा दीवारों पर लिख दिया
शांति के साथ रहें
शांति के साथ चलें।

कृपाराम

मित्र के घर कृपाराम जी बधाई देने गए
तो बोले–'बेटी, यह आपकी नहीं
कृपा-राम की माने'
ऐं– झेंप गए, लगे मुँह छिपाने।

शांत

उन्होंने कहा– अपनी पत्नी शांति से
औरों को देखकर मन तो मचलता रहा
फिर भी काम शांति से चलता रहा।

दुआ

श्रीमती दुआ
अपने पति को दफ़्तर में मिलने आईं तो
जाने सबको क्या हुआ है
जिससे भी हाल पूछा वही लगा कहने
जी आपकी दुआ है, आपकी दुआ है।

माँग

उनकी माँग में सिंदूर भरकर, वे बोले यों
तुम्हारी हरदम नई माँग आख़िर होती है क्यों?

महिलाओं को
अधिकारों की माँग के लिए
हड़ताल करते देखकर
उन्हें कहना पड़ा–
अधिकारों की यह माँग कैसी

माँग का तो अपना ही अधिकार है बड़ा।
नए संचालक ने कवि से कहा–
भीड़ क्या चाहती है–
जनता की माँग क्या है–सोचना-समझना
भीड़ जमा होगी, लोग जमा होंगे
तू भी जमा-जमाकर कविता पढ़ना।

पत्नी के हाथ में माँगों की सूची देखकर
उन्हें शरारत सूझी
बोले विवाह के समय तो सिंदूरी माँग ही थी
और अब यह माँगों की सूची?

माथा

हिंदी की अध्यापिका से शादी करके
उन्होंने कहा–माथे पर बिंदी तो लगाओ
हँसकर वह कहती है–
जानते नहीं आप माथे पर बिंदी नहीं लगती है
तो यहाँ-वहाँ झाँककर
दबे स्वर में बोले–चंद्रमुखी हो तुम
लो अब तो बिंदिया लगा दो न चाँद पर
वह बोली हँसकर–ऐ जी जाने दो
चाँद पहले निकल तो आने दो।

आंशिक

सिर पीट लिया उन्होंने
हड़ताल का समाचार पढ़कर
क्योंकि छपा था अख़बार में
'आंशिक हड़ताल' के स्थान पर
'आशिक हड़ताल' पर।

अरसिक

गणितज्ञ प्रेमी से वह लगी कहने
'तुमसे आँखें चार करके
आठ-आठ आँसू बहाए हैं मैंने
गणितज्ञ बोले हिसाब करके
'यानि प्रत्येक आँख से
दो-दो आँसू चार-चार बार टपके?'

–सी-111 न्यू राजेंद्रनगर, नई दिल्ली 110060

सुभाष काबरा

ससुर और दामाद

दामाद ने
अपने ससुर जी को पत्र लिखा–
आज से पाँच साल पहले
शादी के समय
आपने जो घड़ी दी थी
वह आजकल बीमार है
इसलिए बेकार है।

ससुर जी का जबाब आया–
केवल इतनी-सी बात,
घड़ी लौटा दो दामाद जी
हम बदल देंगे,
आपका अधिकार है।
पत्र पढ़कर दामाद मुस्कराया
कलम सँभाली, काग़ज़ उठाया
और दूसरा पत्र लिखा–

आदरणीय ससुर जी,
आज से पाँच साल पहले
घड़ी के साथ आपने
अपनी जो लड़की दी थी
उसका भी घड़ी जैसा ही हाल है
अपनी लड़की के बारे में
आपका क्या ख़याल है।

ससुर जी का जवाब आया–
दामाद जी,
हम तो आपको पढ़ा-लिखा मानते थे
बड़ा ही समझदार जानते थे
लेकिन आप तो बड़े अजीब हैं
केवल पाँच साल पुरानी बीमारी का
रोना रो रहे हैं
अपने ससुर जी को देखिए
जो चालीस साल पुरानी
बीमारी ढो रहे हैं।

–6 जय साकेत, स्कूल रोड तथा दादी सेठ रोड का संगम,
मलाड (प.), बंबई 64

सुरेंद्रमोहन मिश्र

रस-निष्पत्ति

एक बार
हमारी श्रीमतीजी ज़िद पकड़ गईं,
एक ही बात पर अड़ गईं–
'हम भी कविसम्मेलन देखेंगे!'
हमने उन्हें समझाया–

कविसम्मेलन देखा नहीं जाता,
सुना जाता है।
केवल मन से गुना जाता है।
तुम जाकर क्या करोगी?
सम्मेलन कोई रसगुल्ला तो नहीं है,
जिसका स्वाद चखोगी!
वहाँ तो नौ रसों का मिलाप होगा,
बीच-बीच में
फ़िल्मी गीतों का भी प्रलाप होगा।
किसी रस का असर पड़ गया
तो सचमुच परेशानी होगी,
हर रस में हमारी ही हानि होगी।

श्रृंगार रस सुनकर
अगर तुम्हारा जाग गया श्रृंगार
तो अपना तो हो जाएगा बंटाधार।
तुम्हें रंगीन-रंगीन सपने आने लगेंगे,
हमें वैराग्य के गीत भाने लगेंगे।
तुम राजेश खन्ना को फ़िल्में
देखने जाने लगोगी अकेले,
हम हो जाएँगे किसी योगेश्वर के चेले।
वीररस की कविताएँ भी
पूरी प्रलयंकर हैं,
एक-से-एक भयंकर हैं।
उनका प्रभाव पड़ गया तो
तुम उन्हें सुनकर डर भी सकती हो,
अधिक भयभीत होकर मर भी सकती हो।
यों ये एक्सीडेंट कम नहीं होगा,
फिर भी तुम्हारे मरने का

इतना ग़म नहीं होगा।
जिसने जन्म लिया है
वह अवश्य समाप्त होगा,
हमें भी तुम्हारे बीमे का
रुपया प्राप्त होगा।
लेकिन अगर तुम मरने से बच गईं,
तो अपना तो हो जाएगा कबाड़ा,
रोज़ घर पर ही बजा करेगा
वीररस का नगाड़ा।
हर समय सीमा-विवाद चलेंगे,
घर पर ही दंगे-फिसाद चलेंगे
अलग-अलग कमरों में बैठकर
हम दोनों रोते रहेंगे,
इसी के बाद शिमला-समझौते होंगे।
क्या ज़रूरत है
इस पचड़े में पड़ने की।
अपनी आदत तो नहीं है लड़ने की।
हास्यरस की कविता में
तुम्हें क्या मिलेगा?
नेता नाम के प्राणी के लिए
गालियाँ होंगी,
या फिर सलहज, साले और सालियाँ होंगी।
कोई तो नेता को गधा बनाएगा,
कोई घोड़ा,
मतलब यह कि सभी बहकते हैं थोड़ा-थोड़ा।
यही प्रजातंत्र की सबसे बड़ी खूबी है,
हिंदी-कविता भी
इसी दल-दल में आकर डूबी है।
इतना सब समझाने पर भी

पत्नी अपनी ज़िद पर अड़ी रहीं,
पूरे एक घंटे तक
एक ही पैर पर खड़ी रहीं।
इसी एक घंटे में पूरा हो गया
उनका श्रृंगार,
हमें भी डालने पड़ गए हथियार।
पत्नी को सम्मेलन में ले जाना पड़ा,
उन्हीं के सामने अपना काव्य सुनाना पड़ा।
उन दिनों हम हाथ उठा-उठाकर
गीतों की विधा में रेंकते थे,
श्रोतागण हम पर
सड़े-गले टमाटर फेंकते थे।
सम्मेलन से लौटते हुए हमने देखा
हमारी पत्नी पर
दो रसों का पूर्ण प्रभाव पड़ चुका है,
उनका मिजाज
आसमान पर चढ़ चुका है।
सर्वप्रथम वीररस का उद्घोष हुआ
'क्यों जी,
तुम मंच पर कविता करते हो या नाटक?
बेमतलब हाथ क्यों हिलाते हो?
मर्द होकर भी गाते हो?
गाना तो जनाना काम है,
क्या तुम्हारा इसीलिए इतना नाम है?

घर पहुँचने तक
पत्नी का वीररस जागता रहा।
हमारे कविता-पाठ के ढंग को लेकर
क्या कुछ नहीं कहा।

घर की देहरी पर पैर धरते ही
वीररस एकदम लोप हो गया,
तत्काल ही उन पर
करुण रस का कोप हो गया।
तेज़ी से हिचकियाँ भरने लगीं,
अपने स्वर्गीय माता-पिता को
याद करने लगीं।
जिन्होंने उनकी शादी
हमारे जैसे निखट्टू के साथ की।
इसके बाद नंबर आया उस पंडित का,
जिसने हमारी जनम पत्री मिलाई थी।
पत्नी ने एक घंटे तक
उसके सात पुरखों को कोसा,
इसी के बाद हमें भोजन परोसा।
सारे रसों का प्रभाव
शांतरस पर आकर अड़ गया,
इसी वातावरण में हमें,
पत्नी को एक वचन देना पड़ गया–
मंच पर कविता सुनाते समय
हाथ नहीं हिलाओगे,
जनानी आवाज़ में गीत भी नहीं गाओगे।
तभी से हम
न तो गीत ही गाते हैं
न हाथ ही हिलाते हैं,
और इसीलिए हर मंच पर
धक्के खाते हैं।

–डी-27, एच.आई.जी., दीनदयाल नगर,
मुरादाबाद (उ.प्र.)

सुरेंद्र शर्मा

मैं डोली में बैठ्यो

एक दिन जद म्हारी माँ
दफ्तर सैं घर आई
तो बापू बोल्यो–
    'देखो जी!
    छोरो जवान हो रियो है
    कोई आछो सो घर देखकै
    ईको हाथ पीलो कर द्यो
    काल नै
    कोई ऊँच-नीच हो जावैगी
    तो खानदान की
    नाक ही कट जावैगी।'

बापू जद म्हारी माँ सै
ब्याह की बात कर रियो थो
तो मैं किवाड़ के छेक में सै
सारी बातां सुण रहो थो
सुणता ही मेरो चेहरो
सरम सै लाल हो रियो थो।

पण कई छोरियाँ आवैं
और हमारे मूंडा नै
भूंडो बताके 'रिजैक्ट' कर जावैं।

बापू बोल्यो–
    'ईसा समाज में आग लग जावै
    छोरी तीस साल की भी

बाजाराँ में घूमै
तो ब्याही जावैं
और छोरो बीस को
घर में रहवै
तो भी लोग आँगली उठावैं।

पण एक दिन
तन की सूखी
मन की रूखी
दहेज की भूखी
एक छोरी म्हानै देखबा आई।
मैं ऊँची सैंडल पहनकै
सर पै पल्लो करकै
आँखाँ नीचे करकै
छोरी की ओर
पान की तसतरी बढ़ाई
पण वा छोरी थी खेली-खिलाई
पान लेता हुआँ
मेरी आँगली दबाई
मैं सोच्ची-ईंका रंग-ढंग तो
बुरा नज़र आवै है
ब्याह से पहलाँ ही
आँगली दबावै है।

मैं बापू नै
दूसरे कमरा में ले जाकै
सारी बात बताई थी
तो बापू बोल्या-
या कोई खास बात कोन्नी

तेरी तो तबियत अइयाँ ही घबराई थी
तेरी माँ भी मेरी आंगली
अइयाँ ही दबाई थी।

बापू लड़की की हालाँ से बोल्यो–
जी, म्हें छोरा नै
घर को सारो कामकाज सिखायो है
और आज का सारो नाश्तो
छोराँ नै ही बनायो है।

वा छोरी म्हानै पास करी
माँ बोली–
  आज ई करज सै तरी
  मैं भी सोच्ची
  कुँवारे मरनै से अच्छा है
  माँग तो भरी।

मैं ऊँ दिन बहुत हुओ राजी
जद म्हारै मन में
बाजोई शहनाई
म्हारै घर में भी बाजी।
फेराँ व पुत्र-दान कै बाद
बिदा को नंबर आयो
तो बापू बोल्यो–
  'देख बेटा, रोनै सै कै होवै है
  म्हें भी कै कराँ
  बेटो परायो धन होवै है।
  देख बेटा!
  कुल की लाज मन्ना गँवाइयै

सासरा में ससुर जी व जैठ जी के साथ
घर के कामाँ में हाथ बँटाइयै
कहीं होवै न जगहँसाई
सासरा हाला या नहीं कहवै
कि ईंको बापू
कोई चीज़ कोन्नी सिखाई।'

मैं डोली में बैठ्यो-बैठ्यो
रोताँ-रोताँ या गावै थो-
अबला मरदाँ की धरती पर यही कहानी
मुँह पर तो है मूँछ और आँखाँ में पानी।

सासरे में जद म्हारै कमरा में
प्राणेश्वरी आई
तो मैं ऊके चरणाँ में धोक लगाई
पण बीं से पहला ही
वा मेरी घूँघटो ठायो
और मुँह दिखाई में
'जीलेट' को
सेविंग सैट थमायो।

वा मेरी ठुड्डी पकड़कर बोली-
'राजा जानी!
याद है तैनै वो दिन
जद मैं पान लेता हुआँ
तेरी आँगली दबाई थी
ऊँ दिन तू इतनो क्यूँ शरमायो
म्हानै या बताओ।'
मैं बोल्यो-

'देखो जी!
तब तो मैं थो कुँवारो
आज हूँ पूरै रूप सै थारो
चूँ भी कोन्नी करूँ
आँगली कै पूरो हाथ दबाओ।'

एक दिन जद मैं सुबक-सुबककर
रो रहो थो
तो रात नै प्राणनाथनी बोली-
तैने कै है परेसानी?
मैं बोल्यो-
जी, थारी चाची की नीयत
खराब नज़र आवै है
वा मेरे कमरा में
बिना खाँसा ही घुस आवै है।
कल नै मैं
आइयाँ-बइयाँ बैठो होऊँ
तो थारी चाची तो औरत है
ऊँकी तो निभ जावैगी
पण म्हैं मरदाँ की दौलत तो
इज्जत है
या ही लुट जावैगी।

पण एक साल
बाद जद मैं पीहर में आयो
तो बापू बोल्यो-
बेटा, कब तक रहैगो?
मैं बोल्या-ससुर जी कह रिहा था
पहलो जापो पीहर में ही होवैगो।

कविता चार लाइनाँ की

ई साल थे कवि-सम्मेलन में जितनो भी कमायो
बींको ब्योरो व टैक्स म्हानै भिजवा द्यो
मैं बोल्यो–ई साल कवि-सम्मेलन में हजार जूता पड़ा है
ई को कितनी परसैंट भिजवाऊँ या बतला द्यो।

❖

क्यूँ जी! कोई सरकार अइसी भी आवेगी
जो ई देस के लोगाँ नै सुखी बनावैगी?
मैं बोल्यो–भाया! ई देस की जनता तो द्रौपदी है
जब भी आवैगी, चीरहरण कै ही काम आवैगी।

❖

ए जी! यो स्वतंत्रता दिवस
कब आवैगो?
मैं बोल्यो–जब तू
मैके चली जावैगी, तब आवैगो।

❖

देखो, लोग अपनी-अपनी घरवाली कै कमर में
हाथ डालकर नाच रिहा, थै भी नाचो
मैं बोल्यो–कैयाँ नाचूँ, तैनें बेरो कोन्नी
मेरे हाथ में कमर आ सकै है, कमरो कोन्नी!

❖

हमने पत्नी से कहा–तुलसीदास ने कहा है–
'ढोल गँवार शूद्र पशु नारी
ये सब ताड़न के अधिकारी।'
इसका अर्थ समझती हो, या समझाएँ?
पत्नी बोली–इसके अर्थ तो बिलकुल ही साफ हैं
इसमें एक जगह मैं हूँ, चार जगह आप हैं।

❖

पतनी जी! मेरो इरादो बिलकुल ही नेक है
तू सैकड़ाँ में एक है
घरवाली बोली–बेबकूफ मन्ना बनाओ
बाकी निनाणवैं कौन हैं, या बतलाओ।

❖

रै जाट! तेरी जाटणी बहौत ही सीरियस है
पंद्रह सौ रुपयाँ में बिलकुल ही ठीक हो जावैगी
जाट बोल्यो–रै डागधर, रहबा दै
पाँच सौ रुपयाँ में तो नई जाटणी आ जावैगी।

–संपादक रसकलश, नया बाँस, दिल्ली-6

सूँड फैजाबादी

मेरे बाप

हे मेरे परम पूजनीय बाप,
आख़िर कब मरेंगे आप?
यदि आप अभी मर जाते,
बेटे पर उपकार कर जाते।
रिटायर्ड होने के बाद भी,
बीस वर्षों से जी रहे हैं।
रोज़ाना एक किलो दूध पी रहे हैं।
सरकारी दुकान का राशन
आप ही खा रहे हैं,
हम तो महँगाई के महाभारत में जूझ रहे,
आप रामायण गा रहे हैं।
आप बैठे-बैठे नकली दाँत बजा रहे हैं।
खाँस-खाँस कर शोर कर रहे हैं,
सारे परिवार को बोर कर रहे हैं।
मेरे ऊपर घर के बारह सदस्यों का भार है,

ऊपर से आपका भूत सवार है।
और तो और,
लकड़ी भी बाज़ार से ग़ायब हो गई,
कफ़न का दाम रोज़ाना बढ़ रहा है,
कर्ज़ का बोझ बराबर चढ़ रहा है।
यदि साल-दो-साल और रह जाएँगे,
सच मानिए, हम तो मर जाएँगे।
आपके साथी-संघाती कभी के चले गए,
मगर आप खार खाए बैठे हैं,
मुझे मालूम है
आपके चमचे
यमराज के कार्यालय में बैठे हैं।
उन्हें कुछ दे-दिलाकर आपने अपनी
फ़ाइल ग़ायब कराई है,
जीने के लिए कैसी बेहयाई है।
हे! मेरे बच्चों के दादा,
सपरिवार प्रार्थना करता हूँ, हाथ जोड़ता हूँ,
हम पर कृपा करें आप,
शीघ्र से शीघ्र मरें आप
हे मेरे बाप,
आख़िर कब मरेंगे आप?

चुंबन और झापड़

गली के मोड़ पर
एक आलीशान दुकान
तीन ग्राहक विद्यमान
वृद्धा, तरुणी, जवान
सामानों के बीच उलझा हुआ दुकानदार

चल रहा लेन-देन,
बात-व्यवहार
ज्योति उड़ी धुआँधार
निविड़ अंधकार
स्याही में सभी डूबने लगे।
अँधेरे में जवान को सूझा
मजाक एक प्यारा
उसने अपने हाथ का चुंबन लिया
और दुकानदार को एक झापड़ मारा।
चुंबन और झापड़ गूँज उठा
ज्यों लाभ और घाटा
लड़खड़ा उठा सन्नाटा
बुढ़िया सोचने लगी–
चरित्रवती युवती ने
उचित व्यवहार किया
चुंबन का झापड़ से जवाब दिया।
तरुणी सोचती है–
हाय रे मूर्ख नादान, अजनबी अनजान
मुझे छोड़कर बुढ़िया पर मर-मिटा
बेचारा अनायास पिटा।
और दुकानदार पछताता हुआ
अपना गाल सहलाता हुआ
सोच-सोच कर रहा है ग़म
हाय-हाय, चुम्बन उसने लिया
पिट गए हम।

–63 **कूर्मीटोला, आज़मगढ़ (उ.प्र.)**

सूर्यकुमार पांडेय

शीर्षक बदल कविता

जब तीसरी बार
जलपाईगुड़ी जाने की नौबत आई
मैंने शीर्षक बदल दिया
और वही कविता
चौथी बार सुनाई
तभी श्रोताओं के पीछे से
एक आवाज़ आई–
ओए, कालिदास के नाती
शरम नहीं आती
हर बार मुँह उठाए चले आते हो
और एक ही कविता
बार-बार सुनाते हो
चार पंक्तियाँ भी
नई नहीं लिख पाते हो।

मैंने कहा–
हुजूर
इसमें मेरा क्या कुसूर
कविसम्मेलन ही अब इतने होते हैं
कि हमें जब सृजन करना चाहिए
तब हम सोते हैं
हमारी ससुराल वाले तक
इसी बात का रोना रोते हैं
कभी यहाँ, कभी वहाँ
पता नहीं, हम गए कहाँ-कहाँ
कभी आगरा, कभी बरेली

कभी राँची
अब हमें याद थोड़े ही है
कि हमने कौन-सी कविता
कब-कहाँ बाँची?
अब दस-बीस कविताएँ हों,
तो याद भी रखें
डायरी में लिखें
महाकवि दिखें
अपने पास तो ले-देकर
कुल चार कविताएँ हैं
आठ सालों से
इन्हें ही सुनाते आए हैं
आप हम पर
बेमतलब ताव खा रहे हैं
हम उनसे तो अच्छे हैं
जो सन् छप्पन से
एक ही गीत सुना रहे हैं।
हम तो सन छप्पन में पैदा हुए
सन् चौरासी में कलम पकड़ी
सन् बानवे से गा रहे हैं।
आप बिला वजह गुस्सा रहे हैं!
और श्रीमान
क्या फर्क पड़ता है आपको
जैसी हमारी
वैसी आपकी भी हालत है
आपकी तो आदत है
आप जी रहे हैं जिस परिवेश में
क्या नया है अपने देश में?

पुराना देश, पुरानी संस्कृति
पुरानी सभ्यता, पुराने आश्वासन
पुरानी कुर्सियाँ, पुरानी योजनाएँ
पुराना घर, पुराना बिस्तर
पुरानी पत्नी, पुराना बाप
कहाँ तक गिनेंगे आप?
हमने यही क्या कम किया है
कि इस पुरानी कविता का
शीर्षक बदल दिया है।
आपका क्या है
अगर आप
दल का नाम बदल देने से
उन्हीं पुरानों को
नया मान सकते हैं
दुबारा चुन सकते हैं
तो हमारी इस पुरानी
शीर्षक बदल कविता ने
क्या गुनाह किया है
जो आप इसे
दोबारा नहीं सुन सकते हैं?

–2/10 त्रिवेणी नगर, सीतापुर रोड, लखनऊ–226020

हरिओम बेचैन

अगर चमचे नहीं होते

अगर चमचे नहीं होते
तो मक्खन की महत्ता को
समझ पाते नहीं प्राणी
न ज़िंदाबाद के नारों

को मिल पाती अमर वाणी
सभाओं में, जुलूसों में
कभी क्रंदन नहीं होता
किसी बिल्ली के माथे पर
पुता चंदन नहीं होता
गधों का इस तरह महफ़िल में
अभिनंदन नहीं होता।
हमारी सभ्यता केवल प्रणामों
तक सिमट जाती
न होते दंडवत्,
झुककर चरण-वंदन नहीं होता।

अगर चमचे नहीं होते।
तो कवि-सम्मेलनों में
तालियों को कौन बजवाता
तो फिर कव्वालियों को, गालियों को
व्यंग्य-कविता कौन बतलाता
उठाता कौन बिस्तर-बोरिया
संयोजकों का फिर
इन भाटों-चारणों को
कौन मालाएँ पहिनवाता
यह पावन मंच कविता का
कभी गंदा नहीं होता
कहीं चंदा नहीं होता
कहीं धंधा नहीं होता।

अगर चमचे नहीं होते।
पिलाता कौन अफसर को
बटर के साथ में कॉफ़ी

खिलाता कौन उसके
बालकों को दूध की टाफी
दिखाता कौन पिक्चर
मेमसाहब को लिवा जाकर
सुलाता कौन उनके पुत्र को
यूँ लोरियाँ गाकर
किसी अफसर के घर
बाजार से सब्ज़ी नहीं आती
बहुत लोगों की नौका बस
किनारे पर ही रह जाती।
अगर चमचे नहीं होते।

–एफ 1358, **लक्ष्मीबाई नगर, नई दिल्ली** 110023

हुड़दंग नगीनवी

मुहावरोक्ति

अध्यापक ने कहा छात्र से–
'दूध का दूध, पानी का पानी'
मुहावरे का अर्थ बताइए?
छात्र ने दिया उत्तर–
पानी मिला दूध
दूध व पानी दोनों का काम देता है
किसी भी स्थान पर काम में लाइए।

अगला प्रश्न था–
पुस्तकें धन का विज्ञान हैं, सिद्ध कीजिए।
छात्र का उत्तर था–
पुस्तकों को पुस्तकालय से चुराकर लाइए

बाजार में बेच आइए
और धन ही धन कमाइए।
अगला प्रश्न था–
गुरुत्वाकर्षण के नियम के अनुसार
वस्तु ऊपर से नीचे को गिरती है, समझाइए।
छात्र का उत्तर था–मेरी मम्मी
रोज़ खिड़की से नीचे कूड़ा फेंकती हैं
जो आए दिन किसी-न-किसी के
सिर पर गिरता रहता है
कल को खिड़की के नीचे आप आ जाइए।

अध्यापक का प्रश्न था–
विपरीत ध्रुव एक-दूसरे को
अपनी-अपनी ओर आकर्षित करते हैं
इसका उदाहरण–
छात्र का उत्तर था–
रात्रि सात बजे के पश्चात् लाइट गुल हो जाने पर
हमारे मुहल्ले के अनेक लैला-मजनूँ,
परस्पर एक-दूसरे को आकर्षित करते रहते हैं
हो जाएगा, देखकर यह दृश्य
आपकी शंका का निवारण।

अध्यापक का प्रश्न था–
गैस की प्रवृत्ति बताइए
छात्र का उत्तर था–
यह जानने के लिए
पहले बीड़ी पिलवाइए।

अध्यापक का प्रश्न था–

योग के विषय में, प्रस्तुत कीजिए
अपने विचार
छात्र का उत्तर था—
जाँच आयोग के अतिरिक्त
सभी योगों को है धिक्कार।

अध्यापक का प्रश्न था—
क्या आप सहमत हैं कि द्रव को
जिस बर्तन में रखा जाता है
वह उसी का रूप ले लेता है।
छात्र का उत्तर था—
तब तो द्रव दलबदलू नेता है—
जिस पार्टी में दिखलाई देता है—
उसी पार्टी के झंडे व वस्त्र
धारण कर लेता है।

अध्यापक का प्रश्न था—
बचत का अर्थ बतलाइए।
छात्र का उत्तर था,
दरजी कपड़े में से कपड़ा बचाता है
ग़रीब अपनी इज़्ज़त बचाता है,
नेता चंदे में से चंदा बचाता है
बंदा सब्ज़ी के पैसों में से पैसा बचाता है
यह सब बचत की श्रेणी में आता है।
सुनकर छात्र के उत्तर
अध्यापक चिरनिद्रा में सो गया,
अध्यापक जी गुड़ रहे
छात्र शक्कर हो गया।

छेड़ने वाले हाथ

पुलिस के दो हवलदार थाने आए
एक युवक को घसीटते हुए थाने लाए
थानेदार से बोले– हुजूर! माईबाप! सरकार!
शहर में जो मेला चल रहा है
वहाँ यह युवक
एक महिला को छेड़ रहा था।
पहले तो यह
युवती का दुपट्टा खींचने लगा
फिर उसे अपनी बाँहों में भींचने लगा।
पुलिस का दरोगा दहाड़ा–क्यों वे
हमारी आँखों में धूल भेड़ेगा
हम पुलिसवालों के होते हुए
लड़कियाँ तू छेड़ेगा
खैर, तेरी ग़लती का अभी मज़ा चखाते हैं
तेरी पीठ पर अपनी बेत से
एक सांस्कृतिक कार्यक्रम दिखाते हैं।
युवक था देखने में फटेहाल
पिचके हुए गाल, उलझे हुए बाल
कंधे से लपेट रखा था एक शाल।
तभी एक सिपाही ने
आगे बढ़कर खींच लिया
थाने में जितने भी लोग उपस्थित थे
सभी के नेत्र
विस्मय से फटे हुए थं
क्योंकि उस युवक के दोनों हाथ
कंधों से समूचे कटे हुए थे।

–नालबंदान, नगीना (बिजनौर) उ.प्र.

हुल्लड़ मुरादाबादी

गीत मदारी का

मैं हूँ, मैं हूँ एक मदारी
सच्चा रहकर भी जिंदा हूँ
मौत भी मुझसे हारी
–जमूरे! तुम कौन?
–आमिल!
–मैं कौन?
–कामिल!
–जो पूछूँगा बतलाएगा?
–बतलाऊँगा।
–ये जो सज्जन सामने खड़े हैं
इनकी तरफ़ नज़र घुमाओ
और ये क्या हैं सबको बताओ
–ये हैं डॉक्टर हीरालाल
उम्र है इनकी पचपन साल
सर के उड़े हुए हैं बाल
जमा किया है काफ़ी माल
पानी के इंजेक्शन देकर
कई घरों को तार चुके हैं
सौ मरीज तो मार चुके हैं
एक साल में इन्होंने भइए
एक सेंचुरी मारी।
मैं हूँ, मैं हूँ एक मदारी!
–जमूरे होश में आओ,
–आ गया!
इस नीली कमीज़ वाले की
हिस्ट्री-जागरफी बताओ।

–ये हैं मिस्टर नटवरलाल
मैरिज करते हैं हर साल
बना लिया शादी को धंधा
काफी पहुँचा हुआ है बंदा
सगाई करते हैं
दहेज लेते हैं
जो सामान आता है
बाज़ार में बेच लेते हैं
और उसके बाद
पत्नी को स्टोव से जलाकर
ऊपर भेज देते हैं
तीन स्वर्ग में भेज चुके हैं
चौथी की है तैयारी
मैं हूँ, मैं हूँ, मैं हूँ एक मदारी!

–जमूरे! इनको पहचानता है?
–पहचानता हूँ।
–इनका हालचाल बताओ।
–ये हैं ठाकुर ठेकेदार
ओवरसियर इनके यार
इतना रेता मिलवाया है
बाँधों में पड़ गई दरार
ऐसे ही लोगों के कारण
हुआ मुल्क़ का बंटाढार
साहब के ये घर जाते हैं
उनको भेंट चढ़ा आते हैं
लाखों में अब खेल रहे हैं
साँसों के व्यापारी
मैं हूँ, मैं हूँ, मैं हूँ एक मदारी!

जमूरे को लिटाया पापी पेट के लिए
मैंने आपको हँसाया पापी पेट के लिए
मैंने अपनी कला दिखाई पापी पेट के लिए
मैंने बाँसुरी बजाई पापी पेट के लिए
मैंने जादू नहीं दिखाया पापी पेट के लिए
ये भी हाथ की सफ़ाई पापी पेट के लिए
यही पेट तो बनवाता है
डाकू चोर जुआरी
मैं हूँ, मैं हूँ, मैं हूँ, एक मदारी!

सबसे बड़ा मदारी वो है
जिसने जगत बनाया
जादू की इक छड़ी घुमाकर
धरती-गगन बनाया
हम सब उसके ही जमूरे
लेकिन सबके सब अधूरे
उसके लिए तो दुनिया सारी
केवल एक पिटारी
मैं हूँ, मैं हूँ, मैं हूँ एक मदारी!

दहेज न लेने वाला पागल

एक कविसम्मेलन में
जब हमने गंभीर गीत गुनगुनाया
तो मंच पर बैठी हुई
एक खूबसूरत कवयित्री का स्वर आया–
'बहुत हो चुका
अब अपनी औक़ात पर आ जाइए
कोई हास्यरस की सुनाइए।

हमने कहा–'कैसे सुनाएँ?
हँसी जब अपनी ज़िंदगी में नहीं है
तो उसे कविता में कहाँ से लाएँ?'
वो बोली–'आप तो मौत पर भी
रचनाएँ सुनाते हैं
क्या कभी मर के दिखाते हैं?'

हमने कहा– 'वैसे तो हम रोज़
मर-मर के जी रहे हैं
भावना के घावों को
कविता के धागों से सी रहे हैं
लेकिन आप कहें तो
यहीं प्रयोग करके दिखाएँ
ऐतराज न हो तो
आप पर ही मर जाएँ।
वो बोलीं– 'हट मरे'!
और उठकर चली गईं
लेकिन अपनी किस्मत छली गई।

सुनने वालों में
हमारे होने वाले ससुरजी भी बैठे थे
उन्होंने क्रोध में कहा
तो आप यहाँ मर रहे हैं
मिस्टर मुरादाबादी
अच्छा हुआ जो आपने
अपनी असलियत वता दी
किसी पागल से कर दूँगा
लेकिन आपसे नहीं करूँगा
अपनी लड़की की शादी।

मैंने कहा–'सोच लीजिए
बाद में पछताएँगे
लौटकर मेरे ही पास आएँगे
इस अर्थपिशाच,
धन के लोभी समाज में
दहेज ना लेने वाला
पागल कहाँ से लाएँगे?'

ज्योतिष का चमत्कार

हमने एक पहुँचे हुए ज्योतिषी
पं. बनवारीलाल ब्रह्मचारी को
अपनी जन्म-कुंडली दिखाई
पाँच मिनट बाद वह बोला–
'तीन बातें नोट कर लो भाई
प्रथम यह कि
जब शुक्र तुला का होकर
तुम्हारी कुंडली के सप्तम भाव में आएगा
तो तुम्हारा विवाह हो जाएगा।
द्वितीय यह कि
जब बृहस्पति और पंचम घर का स्वामी
अपने उच्च नवांश में जाएगा
तो तुमको पुत्र-लाभ कराएगा।
तृतीय और अंतिम यह कि
तुम्हारी कुंडली में
चंद्र-मंगल योग है
चंद्रमा की दृष्टि
जब बृहस्पति से मिलेगी
तो तुम्हारी

पचास हजार की लाटरी खुलेगी।'

जैसा ज्योतिषी ने कहा था
ठीक वैसा ही हुआ
ज्योतिष के चमत्कार ने मन को छुआ
हमारी पत्नी बोली–
'विवाह हुआ
तो ब्रह्मचारी जी की कृपा से
पुत्र हुआ
तो ब्रह्मचारी जी की कृपा से
और अब
पचास हजार की लाटरी खुली है
क्या किस्मत मिली है?
आप ज्योतिषी जी के पास फौरन जाइए
और आगे क्या होगा यह पूछकर आइए।'
हमनें ज्योतिषी का दरवाजा खटखटाया
तो अंदर से उनका नौकर
रसिक बिहारी बाहर आया
बोला–
ज्योतिषी जी आज किसी से नहीं मिल सकते
सुबह से ही भाँग छानकर
अपनी ही कुंडली का
फलित निकाल रहे हैं
इसलिए हम मिलने वालों को
टाल रहे हैं।'

मैंने उसे दस का नोट थमाया
और सीधा ब्रह्मचारी के पास आया
मैंने कहा–

‘प्रभो, आप तो सिद्ध पुरुष हैं
आपकी तीनों भविष्यवाणियाँ
सत्य निकलीं
अब आगे क्या होगा यह बताइए।’

वह बोला–
‘पचास हजार फाकेट के मिले हैं न?
पच्चीस हज़ार इधर लाइए।’
मैंने कहा–
‘इतनी बड़ी रकम कैसे दे पाऊँगा?’
वह बोला–
‘नहीं दे पाएगा तो इसका फल पाएगा
तेरी किस्मत फूट जाएगी
और इस महीने की तीस तारीख को
तेरी एक टाँग टूट जाएगी।’

मैंने सोचा,
इसने कहा था विवाह होगा, हुआ
इसने कहा था पुत्र होगा, हुआ
अब टाँग भी अवश्य टूटेगी।
मैं सीधा अस्पताल में आया
डाक्टर से कहा–
‘मेरा एक बैड रिजर्व कर दीजिए।’
डाक्टर बोला–
‘लेकिन आप तो ठीक-ठाक हैं।’
मैंने कहा–
‘अभी तो ठीक-ठाक हूँ।
तीस को टूटेगी।’
वह बोला–

'यह पागल है इसे बाहर निकालो।'
डाक्टर बोला–
'बैड रिजर्व करा लो।'

बैड रिजर्व कराया
अपने घर आया
पंद्रह दिन के बाद ज्योतिषी का फ़ोन आया
हैलो मैं ब्रह्मचारी बोल रहा हूँ–
'टाँग टूटी?'
'जी नहीं'
'तो तुड़वा लो ना भाई
ज़रा-सी टाँग के लिए
ज्योतिष का अपमान कर रहे हो
काहे को हैरान कर रहे हो?'
ठीक तीस तारीख फिर फोन आया–
'टूटी?'
मैंने कहा–
'जी नहीं!'
वह बोला–
ऐसा कभी नहीं हो सकता
ब्रह्मचारी की भविष्यवाणी अटल है।
इस समय क्या कर रहे हो'
मैंने कहा–
'पान खाने जा रहा हूँ।'
वह बोला–
'पनवाड़ी की दुकान पर मिलना
मैं स्कूटर लेकर आ रहा हूँ।'
ज्योतिषी ने स्कूटर मेरी तरफ मारा
बीच में आ गया एक खटारा

खटारे से वातावरण की किस्मत फूट गई
मैं तो ठीक-ठाक रहा
ज्योतिषी जी की टाँग टूट गई।
अस्पताल में उसी बैड पर लेटे उसने कहा–
'उस दिन मैं भाँग इतनी अधिक चढ़ा गया
कुंडली तो अपनी देखी
और भविष्य तुम्हारा बता गया।'

–2 पंचशील कालोनी, सिविल लाइंस, मुरादाबाद (उ.प्र.)

www.ingramcontent.com/pod-product-compliance
Lightning Source LLC
LaVergne TN
LVHW060455051026
849518LV00002B/770

* 9 7 8 8 1 2 8 8 0 6 1 2 4 *